僕にはわからない

中島らも

講談社

目次

I　僕にはわからない

Ⅲ　僕はこわがりたい

【本文イラスト】中島らも
【編集協力】小堀純

僕にはわからない

Ⅰ 僕にはわからない

宇宙のほんとのとこはどうなってるか

このエッセイを始めるきっかけになったのは、ある日の朝日新聞の読者投稿欄の投書である。七十歳くらいのおじいさんからのものだったが、内容をかいつまんで言うとこうである。「宇宙は膨張している、ということをよく聞く。膨張するということは何かとの対比においてふくらむのだと思う。また、ふくらんでいくということは何かに対してふくらんでいく、その境目があるはずだ。ではその境目の外側には何があるのか。宇宙の外側には何があるのか。いい年をして恥ずかしいことだが、誰かこの年寄りにもわかるように教えていただきたい」

これを見て僕は手をうった。そうか、やっぱりそうだったのだ。みんな知らないのだ。知らないけれど、なにか「大人同士の暗黙の了解」のようなものがあって、「それは言わない約束でしょ?」みたいなことになっているのだ。これがたとえば回答可能であるか、あるいは逃げのノウハウが確立されているような問題ならばこの手の不文律はない。

「失恋してしまいました。この苦しみから逃れる方法はないでしょうか。一八歳・男子」といった紋切り型の悩みにはこれも紋切り型の必殺回答技がある。

「きみ、つらいだろうが、それが人生というものなんだよ」

この「人生」さえ使えばたいていのことは逃げきれるのである。受験に失敗しました——それが人生だ。両親が離婚しました——それも人生だ。彼女とDまでいってしまいました——まあ、人生だ。とにかくね、きみ、人生なんだよ、ね？

しかし、このおじいさんの質問に対しては必殺の「人生固め」も効力を示さない。

「宇宙の外側はどうなってるんでしょうか」

「宇宙の外側もね、しょせんは人生なんだよ」

これではおじいさんでなくても誰をも説得できない。宇宙の外側は「人生」なんかではない、と誰しもが思うからだ。

ではこの疑問は誰に対して投げればよいのだろうか。私はそれが知りたい、ともしアインシュタインにたずねたとするとどういう答えが返ってくるだろう。僕の邪推ではおそらくアインシュタインはこういう答え方をするのではないだろうか。

「知れば知るほど〝知ることの不可能〟を知る。知るというのはそういうことだ」

あるいはアインシュタインはもっと率直な人で、

「私は知らない」

と答えるかもしれない。聡明であればあるほど人は明るく素直になっていくものだからだ。設問者の側も知識の量や知力が多ければ多いほどこの不可知論を受けとめるふところも深いはずだ。ところが、

「それでも」

と言うのが素人のこわいところなのである。わからないんだ、と言われているのに、その「わからない」ということがわからないのである。無知な者は勇敢である。そして、幸か不幸か、僕は決定的に無知な人間なのだ。ただ、これまでの自分の年齢というものを考えて（いま三十六歳だ）、年相応にもののわかったような様子をとりつくろっていたところがある。「それがね、きみ、人生なんだよ」といったミスティフィケイションでぬらりぬらりとウナギのようにここまで逃げてきたわけである。しかしこのウナギは先述のおじいさんの投書を見て、はっと我にかえったのだ。宇宙の外側には何があるのか。何もないのか。それなら「無」というのは何なのか。そもそも何の因果で宇宙は「有る」のか。きれいさっぱり「無」であるのなら納得もいくが、「有」というのは変てこじゃないのか。宇宙はなぜ存在するのか。僕は知らな

い。とても知りたい。大人気ないと笑われたら、笑ったその人にこそ質問したい。宇宙の外側はどうなっているのか納得のいく説明をしてもらいたい。

たとえば太古の宇宙モデルを見ると、我々はその可愛らしさに思わず笑ってしまう。象に支えられたお盆のような世界。あるいはアトラスが飯も食わずトイレにも行かず、永久に力仕事で持ち上げている世界。そしてそれをおおう空というのはドーム状になっている。星とはすなわち、そのドームにうがたれた小さな穴なのだ。そこからもれる光が星の輝きの正体である。ではその光をもたらすドームの外側はいったいどうなっているのか。アトラスや象はいったい何の上に立っているのか。この宇宙モデルを作った人はそのことを考えたのだろうか。

アメリカには今でも天動説を支持している人たちの団体がある。マスコミはときたま思い出したようにこの人たちの集会を取材して大笑いするわけだが、ではその人たちに、

「あなたはこの地球を外から〝自分の目〟で見たことがあるのか」

と言われたらグッと詰まってしまうはずだ。

科学情報の集積もなく、望遠鏡も何もない太古にぽんと無知のままに放り出されたとする。そこで「宇宙はどうなっているか図に描いて示せ」と言われたらあなたなら

どんな絵が描けるだろうか。少なくとも僕には太古の宇宙モデルを笑う資格はない。
そういうわけで、次回から無知と勇気を武器にして僕は叫ぶことにする。
「それでもほんとのとこ、どうなってるんだ」と。

ミクロとマクロについて

手塚治虫の超大作『火の鳥』の中に、僕が鮮明に覚えている一シーンがある。それは主人公が火の鳥の力をかりて、この世の極大から極小の世界の真実を全て見てしまうという場面である。主人公は現実の世界からどんどん小さくなっていって、ついに分子、原子レベルのミクロの世界から素粒子の世界に突入していく。そして素粒子のひとつに引き寄せられていくと、その素粒子自体がひとつの宇宙を構成している。その中にはまた無数の銀河や島宇宙があり、その中の惑星にはやはり生物が存在して文明を築いている。

このミクロコスモスの中で主人公はまたどんどん小さくなっていって、この世界での極小単位である素粒子の世界へ到達する。と、それはそれでまた素粒子がひとつのミクロコスモスを構成している。というふうに、主人公は際限なく極小からさらに極小へと無限の変転をくりかえし、それぞれに宇宙があることを目撃するのだ。

このシーンをよく覚えているのは、当時中学生だった僕もこれに似たような夢想を持っていたために、世の中には同じことを考えている人間がいるものだ、と驚いたせいである。相対性理論だの素粒子論などにまったく暗い我々素人にはこの極小の中にまた宇宙があるという考え方は非常に受け入れやすい。この極小宇宙が無限に連鎖しているという考え方を一度受け入れると、そこでは「大きさ」が意味を持たなくなってくる。極小の無限の果てはそのまま極大につながっていると考えればよいのだ。極小がすなわち最大に連なっているメビウスの輪のようなものを考えればよいわけで、これならば「宇宙の外はどうなっている」みたいな概念を考えずにすむ。

落語に『あたま山の花見』という非常にシュールな話がある。この話を感覚的に許容できる人ならばこの宇宙観に抵抗がないと思う。『あたま山の花見』では主人公の頭のてっぺんに桜の木がはえる。近所の人がその桜の木へ花見にきてどんちゃん騒ぎをするものだから主人公は腹にすえかねて頭上の桜の木を抜いてしまう。抜いたあとのくぼみに水が貯まって池ができる。主人公は最後にこの池に身を投げて自殺してしまう。このオチは聞き手に何とも不可思議な感覚を与えるが、四の五の言わずにこの構造を受け入れる人なら、先の宇宙観にも説得力がある。極小は自分の頭の上にできた極大の池の中に飛び込むのだ。かくして宇宙は円環になる。

たとえば太古から宇宙は「自分の尾を呑んでいる蛇」あるいは「お互いを呑み合っている二匹の蛇」によって表わされる。これは「宇宙蛇――ウロボロス」と呼ばれるが、極小が極大の尾を呑んでいる姿はこのウロボロスの図や概念にぴったりと符合する。お互いを呑んでいけば最後には「無」だけが残る円環、といった考え方は、奇妙に我々素人を納得させてしまうのである。もし顕微鏡や素粒子論といったものがなければこの世界観は永遠の真実として我々を説き伏せ続けていたかもしれない。

ミクロの世界を最初に覗き込んだ学者たちの頭にも、あるいはレンズの中にうつる極小世界の予感があったかもしれない。我々の肉眼では見えない極小スケールの中に存在するもうひとつ別の秩序、別の王国。しかし、その予感は裏切られた。たしかに微小世界にも未知の生物はいたのだが、それは小さいなりの機能しか持たない単純な生物でしかなかった。しかしそれにしてもそれは大きな驚きではあったろうと思う。

世界で最初に微生物をその目で見たのはオランダのレーウェンフックという人である。この人はプロの学者ではなく、織物店の店主であった。この人はレンズで物を見るのが大好きで、そのためにレンズの磨き方を学び、自分でも何百もの顕微鏡を作った。このレーウェンフックの顕微鏡はレンズがほとんど球体に近く、倍率は高いけれど非常に見にくいものであった。最高倍率二百七十五倍ではあるが暗くてぼんやりとしか見えないこの顕微鏡でレーウェンフックは自分独自の「コツ」を駆使していろいろなものを観察した。ノミやハチの針、樹木の組織、動物の毛、ハエの頭などである。そしてついにある日、彼はこの世には我々の肉眼では見えないような微小世界にもちゃんと生物がいることを発見したのである。レーウェンフックは非常な驚きと興奮を感じて、そのときの様子をこう示している。

「微生物たちは、レンズの上からのぞいている私に気づくと敬意を表して〝踊り〟を見せてくれた」

この発見は科学史上ではたいへん大きなものだが、しかしそれと同時にこのミクロコスモスの夢想や極大が極小に通底する連環宇宙の世界観はピリオドをうたれた、といえる。

しかし我々素人は頑迷である。たとえば素粒子を考えるとき、この素粒子の密度というのは「大きな体育館の空間の中にゴルフボールが一個ある」くらいのものだというう。その素粒子自体もゴルフボールのような粒ではなくて電位のようなものだとすれば、物質というのはつまり「空」であると考えてもよい。つまりこの極小世界では「無」と「有」は同じ言葉なのである。そのあたりからまた、「有の尾を呑んでいる無の蛇」という宇宙の姿が浮かびあがってきはしないだろうか。

人造人間は泣くのか？

僕はだいたい毎日二本くらいはホラー映画を見る。去年見た中で面白かったホラー映画のひとつにクライブ・バーカーの撮った『ヘルレイザー』がある。クライブ・バーカーは「第二のスティーブン・キング」と呼ばれている恐怖小説作家で、『ヘルレイザー』は彼の作品『魔道士』をベースにして初めてメガホンをとった彼の映画処女作である。この作品に出てくるホラー・ヒーローは、最初に地獄からよみがえった時点では「動く骸骨」である。彼はかつての妻に命じて次々と人を殺させ、その死体の血肉をむさぼってだんだんと骨に肉をつけていく。つまり、土葬にした死体が徐々に腐敗して白骨化する、そのちょうど逆のプロセスを経ていくわけである。映画の最後くらいでは理科室の「人体筋肉モデル」くらいにまで復元して、人体から皮をむいただけの状態になっている。これはいわゆる「人造人間」や「蘇生死体」の系譜からいくとなかなか斬新な手法だと思う。たとえば「ミイラ男」は乾物の状態でよみがえるわけだし、『フランケンシュタインの怪物』は死体のパーツの寄せ集めである。骨の状態から復元してくる怪物というのは今までに例がない。強いてこれに一番近いものをあげれば、日本の芝居や落語に出てくる「骨寄《こつよ》せ」というものだろう。これは野ざらしになって散在している骨を呪術によって一箇所に集め、一体の骨格標本に復元する。さらに呪文を唱えると、ボンと煙があがってその中から元通りの姿になって死者がよみがえるのである（歌舞伎『加賀見山再岩藤《かがみやまごにちのいわふじ》』＝通称骨寄せの岩藤、落語『血脈の印』など）。

　これと似たものにはアメリカの「スケルトン・ダンス」がある。ボードヴィルやマジックショーなどで昔から演じられていたブラック・マジックである。黒布をバックに、蛍光塗料で骸骨を黒スーツに書き込んだ踊り手たちが踊る。腕や脚のおおいを取っていくことで骨が一本ずつあらわれ、最後に完全な骨体になる。音楽はたいていジャズコーラスの「ドライ・ボーン」という曲で、骨がカクカク踊るさまはなかなかユーモラスで可愛らしい。

　ところでいわゆる人造人間というものは大別すると二通りであって、雑な言い方をすれば「有機質」か「無機質」かということになるだろう。無機質の場合はロボットもしくは生命を吹き込まれた人形の形を取る。古来から歯車や金属で人間を作る試みはたくさんなされていて、この系譜をたどるとたくさんの人造人間に行き当たることになる。たとえば十三世紀のスコラ哲学者アルベルトゥス・マグヌスは、星の力によって動く人造人間を完成したと伝えられている。これは身体の各部に星の力が作用して動くのだが、アルベルトゥスの召し使いとしてまめまめしく働き、言葉もしゃべれるくらいの高性能であったらしい。ただそのおしゃべりが何かうわごとのようで耳障りだったために、弟子のトマス・アキナスが怒って壊してしまったという。もったいない話である。

さらに近世になると、ヴォルフガング・ケンペレンという天才的発明家によって非常に精密な自動人形が作られた。「チェスをさす人形」「文字を書く人形」「話をする人形」などである。この中でも「チェスをさす人形」は当時の人々に驚きを与えたが、後年になってエドガー・アラン・ポオによってそのトリックを見破られている。人形はチェスをさす前に基部のおおいを外され、中が全て機械であることを観客に確認させるのだが、これが実は鏡を使ったトリックであって、中の半分の空洞に人間がはいって操作していたのである。ただそれにしても非常に精巧を極めたからくり人形だったことにはまちがいない。

神話の中には、自分が作った人造人間ガラテアに恋をしたピグマリオンの話があり、こうした人形愛は「ピグマリオニズム」という言葉になって古来から受け継がれている。それほど人造人間の歴史は古いのだ。この延長上に『鉄腕アトム』や『鉄人28号』などが生まれてくる。ただ、こうした理想と現実のロボット工学の間にはまだ大きな開きがあり過ぎて我々を落胆させる。ただ最近ではコンピュータのプログラムで作られた驚くべき人工生物が作られている。「ダーウィン5号」というこの生物はコンピュータのモニター画面を動くのでいわば二次元生物である。四角い体と目、一本の手を持っている。プログラムされた「本能」としてこの生物は画面内に「異物」が出てくると一本の手を使って排除する。こうした情報はプログラムされた百個単位の神経細胞によって伝達される。この神経細胞の規模は下等な昆虫のそれよりも少ないし、いわばバクテリア程度の知能（？）しかないが、それでも人工生物であることに変わりはない。

さて、有機物による人造人間だが、これは魔術や錬金術によってさまざまな秘法が伝えられてきた。たとえばパラケルススによる「小人《ホムンクルス》」の製造法がある。男子の精液を採集しこれを醸成して胎児を作り、血と熱と馬糞とで育てるのである。かなりおぞましいものだ。

日本では西行法師が呪法によってこうした人造人間を作ったと言われている。

ところでこうした人工生命体の可能性は無機物によるそれよりもはるかに現実性を帯びている。世界で初めての人工胎児は一九六一年、イタリアの学者ダニエロ・ペトルッチによって作られた。試験管の中で受精したこの胎児は一ヵ月近くにわたって成長を続けたが、二十九日目に恐怖を感じた博士自身の手によって命を絶たれている。その後の「試験管ベビー」や人工授精技術の発達、あるいはクローン生命やバイオによる「キマイラ」の誕生などの経緯はご存知の通りだ。こうしたところから「人間や生命の尊厳」という古典的な問題がいつもたちあらわれてくる。

「人造人間が〝自我〟を持ったらどうなるか」という素人の問いに対して、某ロボット工学の権威の先生が答えているのを読んだ。

「ロボットを研究していて行きつく答えはね、〝自我〟というのは我々の〝妄想〟だということなんですよ」

「人造人間は泣くのか」――これはここ百年くらいのうちに答えの出る問題だろう。せいぜい長生きして見守りたいものだ。

人は死ぬとどうなるのか

丹波哲郎氏の映画『大霊界』を不覚にも見てしまった。バスの転落事故で死んだ主人公の男性が昇天していく横っちょに、いっしょに死んでしまったペットの「犬」の霊がくっついて天に昇っていくところでは大声で笑ってしまった。可愛かったのである。あと、若山富三郎や千葉真一が「神さま」の役で出てくるところも笑った。ことに千葉真一は長髪のカツラをかぶっているのだが、あれほど長髪の似合わない人もいない。吹き出してしまった。

雑誌で読んだところによると、丹波哲郎氏があまり事細かに霊界のことをしゃべるのに疑問を持った人が、

「どうしてそんなことを知っているんですか」と氏に尋ねたところ、氏は胸を張って、

「見たんだから仕方がない！」

と答えたそうである。並たいていの人物にできる返事ではない。

死後の世界について、「嘘でもいいから」教えてほしい、というのは人間の「業」みたいなものなのだろう。この世の生き物の中で、自分が「生きている」ということを自覚できるのは人間だけであって、「生きている」ことの反対の観念として「死んでいる」状態というものが想定される。その「死んでいる状態」についてさまざまな憶測が生まれてきて、そこに宗教の成り立つ地平があるわけだが、考えてみるとこれは人間のロジックや言語による思考が生み出す錯覚のひとつではないだろうか。「生」の対立概念として「死」というものを持ってくるから話がおかしくなる。「死」という言葉が存在する以上、「死」は存在のひとつの状態をさし示すことになる。つまり「死」は存在形態のひとつとして「在る」ものなのである。ではどういう状態で「在る」のか、というところから死後の世界のような概念が生まれてくる。これが言語がもたらしたそもそもの錯覚なのではないだろうか。

厳密に考えるなら「生きている」の反対概念は「死」ではなくて、「生きていない」でなければならない。「生」というものが「在る」ものならば「生きていない」という言葉は「無」を意味するはずである。「生きている」か「生きていない」か、この二つのありようのどちらかなのであって「死」という状態は想像力によってのみ想定され得る架空の概念でしかない。

「死後の世界」という考え方を一度捨てて「生きていない」状態について考えてみよう。これに関してはジョルジュ・バタイユの「連続」と「不連続」という考え方をあてはめると面白い。ここでの「連続」とは「種」としての生命の縦軸の連なりを示している。これに対して「不連続」とは各個体の死によって起こる断ち切れを示す。たとえば人間という種の生命を考えてみるとよくわかるのだが、人間は極端な言い方を許してもらえるなら、別に死ぬ必要はない。一個の巨大な「原人間」みたいなものがあって、それが新陳代謝をくり返しながら半永久的に生きていく、という存在形式だって考え得るのだ。ただ人間及び地球上の生物はその形態を選ばなかった。多数の個体に分かれて、各個体は死によって消滅するが生殖によって種としての生命は連続していく形態を「選んだ」わけである。一人の「原人間」の形態を取っていれば、たとえば「知識」といったものはどんどん蓄積していって最終的には「神」のような全知全能の存在になり得るかもしれない。多数の個体に分かれる方式では生まれるたびにスタート地点から始め、ほんの少しずつしか進化できないので効率は非常に悪いと言える。ただ、たとえば氷河期や大地震といった地球規模の異変を考えた場合、種の生命が持続する可能性は多数の個に分かれていたほうがはるかに高くなる。原人間ではそいつが死んでしまえば種はおしまいなのだ。多数の個に分かれていればそれらは一部生き残り、適者生存して地球の状況にビビッドに対応しながら進化していくことができる。我々が個に分断され、死の因子を遺伝子の中にプログラムされているのはまさにこのためである。種としてのフレキシビリティを保つためには全体を有限の個によって構成しなければならない。我々の死、つまり個々の不連続が全体の連続を支えているのだ。その意味では我々は「永遠に死なない」と考えても誤りではない。

たとえばひとつの個体を考えるときに、「死後の世界」ではなくて、個体の死からさかのぼっていく考え方をしてみよう。僕なら僕という個体の経た時間をさかのぼっていくと、僕はどんどん若くなっていき子供になり赤ん坊になる。それをもっともっとさかのぼっていくと一個の受精卵になる。僕の僕としての存在はここまでである。ただそのむこうにあるのは死ではなく限りない生なのだ。僕は精子と卵子に分かたれる。精子をたどっていくとそれは僕の父親になり、卵子は母親である。同じ方法で父親を、母親をさかのぼっていくと倍々ゲームに枝分かれしていく先にはほぼ無数の「生」がある。死はどこにもない。そこにあるのは輝く「生」の海であり、種の全体の命がそこにある。無限の生が収れんして僕という結節点を結び、僕を越えたむこう、つまり未来にはまたそれと同じ無限の生が広がっていく。

こういう考え方をすれば「死後の世界」みたいなものはどこにも存在しないことがわかる。僕という個の存在は、僕の精子が一人の女性の卵子と結合した瞬間にその存在意義を完遂している。あとは生きていてもいいし、生きていなくてもいい。唯我論的存在論は別にして、少なくとも種としての生命から僕という個を見ればそういうことである。僕は個であると同時に種の一部である。一にして全であり、全であると同時に何者でもない。こう考えていくと天国だの地獄だのの虚妄に惑わされることもない。やはり『大霊界』を見てよかった。丹波先生、どうもありがとう。

「偉人」は何がエラいのか

僕は小さい頃、「ノーベル」だの「エジソン」だの「ワシントン」だのの伝記ものばかり読んでいるという、非常にイヤなガキだった。親が買い与えるのがそういう本ばかりだったので、本というのはそういうものだと思っていたのである。後になって白土三平の『忍者武芸帳』やジュール・ベルヌのSFなどを読んで目からウロコが落ちて、今度は反動でそっちの方一本やりになってしまった。小学校の高学年の間は、もっぱら山田風太郎の忍者小説やコナン・ドイルなどを読みあさっていた。この傾向はいまだに尾を引いていて、B級ホラーや異端の文学などが好きで、正道を行く「立派な」ものがどうもしっくりとこない。そういうウロコの落ちた目で伝記ものや偉人伝を見直してみると、これは実におかしなもののような気がするのだ。伝記もののおかしなところというのは、まず人物の選択が「偉人」ではなくて「偉業を成し遂げた人」という尺度で選ばれていることだ。発明や変革などの社会的貢献度の大きさによって人物が選ばれる。その「偉業」をほめたたえるだけでは「教育的」でないので、その人物の幼少時や青年時のエピソードを必死になって発掘し、スポ根マンガまがいの苦労談や「ワシントンは桜の木を切ったことを正直に父に白状しました」風のくだらないエピソードがつけ加えられる。偉業を成し遂げた人間、すなわち人格者という図式をむりやりに作ってしまうのである。それも不可能なくらい「ヤな奴」だった場合は、根性もの路線で通してしまう。〝この人はこんなに頑張りました。だからこんなに偉大なことを成し遂げることができたのです〟といったエピソードを羅列するのである。勉強ばっかりしていたので、こんなに世間知らずの専門バカの利己主義のいやな奴になりました、みたいなことは完璧に削除されている。

たとえばいま記憶の中をさぐってみると、「キューリー夫人」の伝記がその手のものだった。学生時代のキューリー夫人が、赤貧の中でいかに生活を切りつめて勉強したか、というようなことが得々と書いてある。彼女は一日に薄いスープを一皿飲むだけの生活をして、食費を勉学費にまわしていたのである。ある日、彼女は貧血でぶっ倒れてしまう。叔父さんだったかの家に引き取られて、そこで初めて食事らしい食事を取るのだが、こんなバカげたことがそれほど人の範となることだろうか。日本人は禁欲的な行ないを見ると手放しに賞讃してしまう傾向があるが、どんなストイシズムだって、人間の快楽原則にのっとって働いているのだ。はた目に見れば苛酷であっても、本人はそれが快楽だからやっているのである。終戦後に山口良忠という判事が餓死をした。この人は、法の番人として、闇物資の食糧を食べるわけにはいかん、というので、食糧難の時代に政府の配給する食糧のみしか口にしなかった。その結果餓死したのである。自分の死をもって政府に配給物資の増加を訴えたのだ、という人もいれば、ただの唐変木だという人もいる。どちらにしても、この人は闇の食糧を口にして後ろめたく生き延びるよりも法を守り通して死ぬことを選んだ。それはその方が彼にとって快楽だったからである。学費に固執して貧血でぶっ倒れるキューリー夫人の行為もその同じ快楽原則にのっとっている。えらい、というよりはむしろ拒食症などの偏執心理に一脈通じているとさえ言える。僕がいま読んでいる『正常と異常のはざま』（森省二著・講談社現代新書）にはもっとこわいエピソードがのっている。ある若者が、動物愛護の思想に心酔して肉や魚を食べなくなった。そのうちに彼は、動物だけではなく、米や野菜も我々と同じ生命体ではないか、ということに気づいた。それ以来、彼は一切の食物を口にしなくなった。親は心配して何とか物を食べさせようとした。彼は「お前らは悪魔だ！」と叫んで、包丁をふりかざし、自分の両親に襲いかかったのである。診断の結果の彼の病名は「分裂病」であった。

ここまでいかなくても、そういう目でキューリー夫人を見ると、その勉学ぶりが偉大なことなのか常軌を逸した偏執状態なのか、その判断はむずかしくなってくる。たとえば僕の中学生時代の英語の先生は、

「福沢諭吉は、英語の辞書を一枚覚えるたびに破ってその紙を食べてしまった」

というエピソードを得々として我々に教えた。さすがにマネする奴はいなかったが、二度と辞書を見ない覚悟で食べてしまうということが偉大なのか愚行なのかはわからない。ただの悪食《あくじき》だとか、原始的なアニミズムやトーテミズム、カニバリズムの変型だという見方もできる。種痘を発見したジェンナーにしても、あれは人体実験の好きな、ただのマッド・サイエンティストではないのか。シュヴァイツァーだって、白人優先主義の独善的宗教家だった、という見方もできる。ノーベル賞で名を残すノーベルは、ダイナマイトの発明者であるが、ニトログリセリンが今までにどれだけの人命を兵器として奪ってきたか、一度考えてみるといい。ナポレオンやアレキサンダー大王や織田信長が偉人伝にのるのなら、ヒトラーも当然その列に加えられるべきだろう。

結局、偉業をなしとげる人の人格というのは決定的にどこかおかしい。社会常識などには目もくれずに己れの関心事のみを追求できる性格だから偉業もできる。人格の

バランスがどこかで大きく歪んでいるのだ。偉人伝に加えられるかどうかは、その偏執事が社会的に成功したかどうか、唯一それのみにかかっている。「功成り名を遂げる」ことが人生のお手本みたいに言われると、結局プラグマティズムだけが世界の原理であるような錯覚にとらわれてしまう。

若い頃、本屋をのぞいていて「ガガーリン」の伝記が出ているのを見て驚いたことがある。ガガーリンは宇宙を飛んだが、尊敬すべき人なのかどうか、僕は知らないし知りたくもない。もっと尊敬すべき人が身のまわりにウヨウヨいるからだ。

がんばれダーウィンⅢ

まず最初に誤りを訂正しておきたい。前々々回、「人造人間は泣くのか?」で言及した「ダーウィン5号」云々は、「ダーウィンⅢ号」の誤りである。資料(『最新脳科学』学研)を再見して誤りを発見したので訂正しておく。

この「ダーウィンⅢ号」は、ノーベル賞を受けたロックフェラー大学神経科学研究所の天才科学者ジェラルド・エーデルマン博士のチームが開発した人工生命体である。コンピュータの中で生きている生物なので、我々と「対面」するためにはディスプレイ画面上の二次元生物の形をとる。彼は四角形の「目」と四つの関節を持つ「腕」を一本持っている。彼の知能は五千七百個の「ニューロン」と十二万個の「シナプス」で構成されている。前にも述べたように、これは昆虫の脳よりも簡単な構造で、人間の脳の複雑さと比べると実に「二百万分の一」くらいの機能しか持っていない。しかし、驚くべきことは、このダーウィンⅢは言葉の精密な意味で言っても「生きている」ということである。彼は「見ないよりは見たほうがいい」「動かないよりは動いたほうがいい」というプログラムを与えられているので画面の中を動き回る。たまに「異物」が侵入してくる。ダーウィンⅢは、その表面がデコボコしていて縞もようのある異物がくると、「排除すべき」だと判断する。一本腕を使って画面の外側へその異物をよっこらしょと押し出すのである。ここで特筆すべきことは、ダーウィンⅢのこの個々の動きはあらかじめプログラムされたものではないということだ。動きの取り方は五千七百個のニューロンと十二万個のシナプスが決定する。そしてそらは、異物との対応のケーススタディを重ねていくことで、独自の神経回路を構成していく。スムーズに動けるための交通経路を整えていくのだ。つまり、こいつは「異物は排除する」という「本能」はプログラムされているが、あとは生物と同じ神経組織を使って「訓練」していくわけである。事実、できたての頃のダーウィンⅢは、目で異物を「見る」だけだった。それから腕を使うことを覚え、動きはどんどんスムーズになっていく。形而上的にみても形而下的にみても、こういう存在は「意志のある」生物だと言うべきだろう。アニメーションの主人公ともコンピュータゲームのBEMともちがう。ダーウィンⅢは、我々人間の二百万分の一の世界を、しかも我々とちがう次元の世界で「生きている」のだ。コンピュータの中の世界というものはもちろん「実在」である。我々の世界を構成している物質の形をとらないからといってそれが「無い」わけではない。どうしても信用できなければプログラムを「物」に置換することだってできる。これはCGの大村先生に教えてもらった方法である。たとえば、中が中空で「天使」の形をした空洞が内包されている十字架、というものを考える。継ぎ目や穴なしにそういうものを作ることは、もちろん工芸的に不可能である。ところが、たとえばこの立体をコンピュータでプログラミングする。次にそのプログラムの立体をCTスキャンで細分していく。立体を、無数の切断面の集積にとらえ直すのである。液体プラスチックのプールを作る。これは紫外線をあびると固まる。先のCTスキャンのプログラムを紫外線の濃淡に置き換えて放射する。一枚が固まったら次の位相のCTスキャンを放射する。固まる。こうして等高線でジオラマを作るように、立体を作っていくのである。すると中に真空の天使を封じ込めた十字架ができる。これはつまり「実在」である。どうしても唯物論にこだわりたい人のために言えば、この十字架は「実在」で、コンピュータの中のプログラムは「本質」だ、ということになる。つまりダーウィンⅢは、本質のみの抽象世界の中ではあるけれど、明らかに「生きている」わけだ。

ところで、このダーウィンⅢなどを通して人間の脳の秘密を研究しているのが、つまりダーウィンIIIにとっての「神」であるエーデルマン博士なのだが、この人の言っていることは僕にはたいへん面白かった。つまり人間の脳というのは百数十億個のニューロンと、それのケタ三つ上くらいのシナプスで構成されているが、こいつはDNAのプログラムによって動き、細胞群を構成するわけではない。その個体が生きていく状況に適応し、対処しやすいように神経反応や知能ができあがっていく。一卵性双生児が、DNAは同じであるのに性格がちがってくるのはつまりそういうことだ。脳は一種のカオスの状態で生まれてくる。それが各自の状況に適応して、「生存」というプログラムに一番うまく対応できるようにシミュレートされていくのである。エーデルマン博士の言を借りるならば、こういうことだ。

「あなたという存在とこの世界とは、互いに混じり合い、溶け合っている」

これは西欧的な科学者が、ついに到達した東洋的な世界観ではないだろうか。たとえば水の上に油をダボダボッと注ぐ。水は世界であり、油は「あなた」である。水の波動によってあなたの形は変わる。油が二つに分かれていたら、それはあなたの双子の兄弟である。DNAは同じだが、水の力に合わせるので形はまったく違っている。あなたは、混沌である世界の中で自らも混沌としてただよっている。一瞬として同じ形であることはない。世界があなたの形を変え、あなたの形が世界の余白を変える。

「あなたと世界は互いに混じり合い、溶け合っている」のである。

　僕には何か、西欧の科学というものがその網の目を非常に細かくしていくことで、ついに世界をすくい取ることに成功するのではないか。東洋の直感を西欧が実証し、たったひとつの正解が提示されるのではないか。そんな予感がある。オプティミストなのかもしれないけれど……。

「偶然」について

いまだに不思議に思っている体験がひとつある。十年近く前のことである。僕はそのとき失業中で、家でゴロゴロして酒ばかり飲んでいた。一人では淋しいので似たような友人を呼んで家に泊めたりしているうちに、何となく家が「フーテンのたまり場」の様相を呈してきた。朝、気がつくと、見たこともない外人が泊まっていて、

「オハヨゴザイマス」

と言われたりして驚くこともあった。そんな状態の頃の話である。その日はCOCOと僕が家にいた。嫁さんと子供は外出していた。COCOは舞鶴出身の女の子で、マイケルというオーストラリア人のアーティストの奥さんだった。僕とCOCOはヒマなので二人とも本を読んでいた。COCOはリビングルームの床にねっころがって、何かぶあつい小説を読んでいた。僕はその隣の和室の畳にねっころがってマンガを見ていた。この二つの部屋は、間のしきりを取っ払ってあるので、僕からはCOC

COCOをからかいたくなって、彼女の読んでいる本を指さし、Oの姿がよく見える。ただし二人の間は三メートルほど離れている。僕は何となくC

「百五十六頁」

と言った。とたんに本から顔を上げたCOCOが、

「えっ、どうして!?」

と叫んだ。顔色が青くなっていた。そばにいってCOCOの読んでいる本を見ると、開かれているのは百五十六頁と百五十七頁だった。

それまでにも僕には、人が質問をする前に答えを言ってしまって気味悪がられることはときどきあった。ただ、人に尋ねてみると、そんなことは誰にでもあることらしい。長年連れ添った夫婦であれば、たとえば夫が目を動かしただけで奥さんがさっと耳かきだの爪切りだのを出すようなことがある。ツーと言えばカーなわけだが、これも超能力だと言えばそうだし、当たり前と言えば当たり前なのだろう。ただ、人の読んでいる頁数がピタリと当たるというのは普通ではない。事実、僕にとってもそんなことは後にも先にも一回だけだった。僕はそのとき一体何が起こったのかを何度も考えてみた。COCOが開いている本はこちらに背を向けられていたので頁数を読み取ることはできない。仮に僕に向かって開かれていても三メートルの距離では活字は読

めない。ただ、開かれている本の小口の紙の厚さでだいたいの見当をつけることはできる。五百頁くらいの本で、三分の一くらいのところなら百七、八十頁目くらいだろう、くらいの目分量はできる。ただピタリと当てる可能性というのはおそらく確率にしても何十分の一かになるのではないだろうか。超常的な知覚が働いて紙の厚みから頁数を測定したのだろうか。それよりも僕がCOCOの心を「読んだ」と考えるほうが自然な気もする。僕かCOCOかのどちらかに潜在的なテレパシー能力があって、そのときだけうまくチャンネルが合ったのかもしれない。

三つ目の可能性としては、COCOが嘘をついた、ということが考えられる。僕が「百五十六頁」と言ったときにたまたまその近くを読んでいて、僕が気づかないうちに素早く頁をくって百五十六頁を開いた。ただ、僕はずっと目を離さずに見ていたけれど、そんな素振りは一切なかった。万が一にもそういうことであったにせよ、そういうお茶目は後でバラすものである。また、そういう演技力のある人ではないのだ。

結局のところ、僕はテレパシー説で自分を納得させていたのだが、最近もうひとつの考え方があると知った。心理学のユングが提唱した「シンクロニシティ」の概念がそれである。これは「原因のない結合の原理」、わかりやすく言えば「意味のある偶然」といったことである。世の中には偶然と片づけるにはあまりにも「偶然性の低い」ことがある。天使のいたずらと考えたほうがはるかに納得がいくような、そういう偶然である。たとえばユングのあげるシンクロニシティの例をひとつ紹介しよう。フランスの詩人でエミール・デシャンという人がいた。デシャンは学生時代に寮でフォルギブという人にプラムプディングを少しもらった。当時のフランスでは非常に珍しいお菓子で、とてもおいしかった。それから十年後、デシャンはパリの某レストランでショーウインドウにプラムプディングがあるのを見つけた。学生時代に味わった美味を思い出したデシャンは、レストランにはいってそのお菓子を買おうとした。だが、店の人は申し訳なさそうに、

「あいにくですが、フォルギブ様がご予約ずみなので……」

それから数年後、デシャンはあるパーティに出たところ、プラムプディングが出てきた。デシャンは会場の人に「フォルギブ様のプディング」の話を面白おかしく話した。そのときドアが開いて、店の人が大音声で、

「フォルギブ様のお成りい」

これがつまり「意味のある偶然」の例である。ユングの主張によれば、こうしたことは人間が極度に疲労したり失意に落ちたりしたときに起こりやすいという。ユングはこれを「観念の敷居の下降」と表現している。ただ、こうした奇妙な偶然について

言及したのはユングが初めてではない。中世の大スコラ学者、アルベルトゥス・マグヌスが次のように述べている。

「事物を変革せしむるの力、これ人間の魂に備えられ、他の事物ことごとくを人間の魂に隷従せしむるなり。魂が愛あるいは憎み等の感情過剰に赴く時、かかる現象のかんずく著しきを知る。しかるが故、人間の魂にしてひとたびかかる感情過剰に赴くことあらば、魔術にて事物をたばね、これを望むがままに変革し能うこと、実験によりて証を立てらるるところなり」

生命力が弱っているときにシンクロニシティが起こりやすいというユングとは逆で、感情がたかぶるとその感情に添った偶然が起こるという説だ。僕もこれに賛成である。事実、非常に想いがつのったときに銀座の歌舞伎座の前でその想う相手にバッタリ出会ったことがあるからだ。強烈な思念は偶然性をたぐり寄せる磁力を持っている。ついでに言うと、このアルベルトゥス・マグヌスの文はコリン・ウィルソンの『世界不思議百科』（青土社）で見つけた。僕がこの前書いた芝居、『スプーンの上に天使何人とまれるか』では、このアルベルトゥス・マグヌスが主人公格で出ている。この脚本を書くまではこの人のことは全く知らなかった。その人の文にまた出会ったので驚いている。これもシンクロニシティなのだろうか。

超能力ニュートラル派

超能力の存在を論じるときに、肯定派にとっては非常に分の悪いことがある。「超能力あばき」のジェイムス・ランディが指摘しているように、たとえばユリ・ゲラーはもともと有能な奇術師の出だ、というようなことである。もちろんこのジェイムス・ランディ自身も奇術師で、さまざまな超常現象を「奇術でもできる」ことを証明している。ランディ本人は超能力は全てトリックだと断言し、どんな超能力者がきても自分がトリックをあばいてみせる、と豪語している。こういう人が出てくると、ユリ・ゲラーがもともと奇術師だったという経歴はいかにも不利である。どちらかというと、そういうことに全く興味のなかった八百屋のおじさんかなんかがある日超能力に気づき、自分は病気じゃないかと心配して病院に相談にくる。これくらいのほうが信憑性がある。

ところが僕は最近、奇術に関する本を読んでいて面白い描写に出くわした。日本奇術連盟副会長の高木重朗氏の書かれた『トリックの心理学』(講談社現代新書)という本である。

「今から四十数年前のことである。当時中学生であった私は、マジックに夢中でプロ・マジシャンのところに通ったり、大道の手品師を探して歩いたりして練習していた。数年するうちに人前でうまく演じられるようになり、自信もついてきた。相手が私のマジックに驚いて、まるで奇蹟《きせき》を見たような顔をするので、マジックにタネのあることは充分わかっているにもかかわらず、自分が超能力者になったような気になってしまった。これは、マジシャンが必ず一度はおちいる心理である。(中略)そして当時の私は、さらに『自分はほんとうに超能力があるのではないか』と思うようになり、ほんとうの奇蹟があるのではないかと、心霊術の本を読んだり、当時流行していた超能力開発の通信講座の本を買ったりした」

このくだりにはなかなかうなずけるところがある。マジシャンのすべてが一度は自分の超能力を試してみるものなら、ユリ・ゲラーが奇術師の出なのも「仕方のない」ことなのではないだろうか。奇術師のすべてが一度は超能力を試してみるものなら、職業としての奇術師から超能力者の出てくる確率は、八百屋のおじさんのそれよりもはるかに高いはずなのだ。ところで僕は別にユリ・ゲラーの超能力を信じているわけではない。トリックなのかそうでないのかは、僕がユリ・ゲラーでないかぎりわからない。全部トリックかもしれないし、全部ほんものかもしれないし、調子の出ないときはトリックを使うのかもしれないし、そんなことは判別のしようがない。たとえばジェイムス・ランディにだってわからないはずだ。彼がやっているのは「こういうトリックを使ってもできる」ということで、それをもって超能力のすべてがトリックであると断言するのは論理学的にみてもおおいにまちがいである。真相は本人にしかわからない。僕がこんなあいまいな不可知論におちいるのは、実はこの『トリックの心理学』という本のせいでもある。上手な奇術師にトリックを使われると、僕たち素人や寄席なんか見たこともないような学者さんなんかは逆立ちしても見破れない。それがよくわかったのだ。今は超能力ではなくて、こうこうこういうトリックですよ、と説明してもらわない限り、信じるしかない。それくらいトリックというのは人間心理の盲点をうまく突いている。その証拠にこの本を書いた高木氏自身、コロッとだまされているのだ。氏はマジックから超能力や心霊学の分野にはいったのだが、その昭和十六年ごろ、マジックの研究家として有名な長谷川智《さとる》という人がいた。この人はやはり心霊学の研究にも打ち込んでいて、深い造詣をたくわえている人だった。高木氏はこの大先輩に会いに行く。自分も心霊研究をしていることを話すと、長谷川氏はうなずいてこう言った。

「私も昔から興味を持って、ある特別な修行をしたので、念力を持つことができた。それを見せてあげよう」

長谷川氏はそばにあるナイフを取り上げて腕をまくり、一センチくらい離れたところにナイフの刃をかざした。これで「切る」と念じていると皮膚に切り傷が出てくるというのである。息をこらして見ていると、長谷川氏がナイフをかざしている真下の肌にうっすらと赤い血の筋が一直線に浮き出てき、その筋はどんどん濃くなっていった。高木氏はこれを見て非常に驚き、感動した。オカルトを少し知っているものなら、「聖痕」という現象をすぐに思い浮かべたはずだ。祈りの最中に忘我状態になった人間の肌に、十字架や神の言葉が浮き出てくるという現象である。意志の力で特定の部分が充血したり浸出血したりするのだと言われている。長谷川氏も念の力によって一直線に充血作用を起こさせたのだ。もしこのとき長谷川氏がちゃんとタネあかしをしてくれなければ、高木氏はそのまま一生オカルトの道に進んだはずだ。このトリックは非常に簡単で、まず前もってマッチの軸木で腕をひっかいておくのである。読者諸君もやってみるとすぐわかると思うが、サッとひっかいておくと最初は何も起こらないが、十五〜二十秒くらいたつと赤くみみずばれになってくる。この時間差をうまく利用するのだ。心霊関係の話をしながら、さも今思いついたように念力の話にもっていきナイフをかざす。仕掛けはずっと前にすんでいるのである。もし僕がこんなものを見せられたら一も二もなく信用して大さわぎをするだろう。

だから今のところ超能力に関して僕は、あるともないとも断定しない、ニュートラルなところに自分を置きたい。もし超能力存在の証明に一生を費やして、納得して死んでいこうという臨終の枕元にユリ・ゲラーがきて、「すまん。あれはマッチの軸でひっかいとったんや」

と言われたら、僕の一生は何だったのか、ということになる。それがこわいのだ。

アイスクリームと楽園

「アイスクリーム」の歴史について調べていてふとこんなことを思った。人間は古代から現在に至るまで、ありとあらゆる想像力を駆使して、「楽園」ということを夢見続けている。我々はいま現にその「楽園」に住んでいるのではないか、とそう思ったのである。もちろん、この『ウータン』が毎号叫び続けているように、人間はいま歴史上初めての存亡の危機に直面している。我々はいつも大きな悩みや苦痛や不安をかかえて生きている。それにしても、だ。たとえば今から一千年前の人間が想像したこの世の楽園と、今現在我々が住んでいるこの世界を比べてみると、物質的に見る限り我々の住む世界は古代人の考え得た「楽園」をはるかに超えているのではないか、と思うのだ。そのひとつの例が「アイスクリーム」だったわけだ。アイスクリームというものの発生は、意外なことに中国である。作られた当初はむしろシャーベットのようなものだったらしくて、米や果物を粒にしてドロドロに練ったものを、高山の万年雪などで凍らせた。もちろん、非常に貴重なものである。皇帝や貴族でもそうめったに口にはいることはない。この氷菓の製法は日本にも古くから伝わっていて、たとえば氷室《ひむろ》京介の「氷室」という言葉はこの頃の名残りである。平安朝の貴族の口に入れる氷を保存しておくために、当初はまず富士山の万年雪などを荷車で運んできて、地下に掘ったこの「氷室」の中に入れておいた。地面の中は温度が低いから、夏場になっても全量の何十分の一かは氷のままに残っている。当時の貴族は、この貴重な氷に甘い葛の汁をかけて、この世の栄華を味わったわけである。

この中国のアイスクリームの製法は、マルコ・ポーロが中世にヨーロッパに持ち帰った。しかし、氷を保存しておくためには膨大な経費がかかるために、そんなものを口にできるのはイタリア一の大富豪であったメディチ家くらいのものであった。このメディチ家からカトリーヌ・ド・メディチがフランス王国のもとへ嫁いでいく。このときに連れていった多数のコックが、今のフランス料理の基盤を作ったとされている。秘伝のアイスクリームも、もちろんこのとき初めてフランスへ伝わったのだ。カトリーヌ・ド・メディチの婚姻の宴は一週間以上も続いたと言われているが、このときにフランスの貴族たちを驚かせた一番の料理は、日替わりで必ず出されてくる果物のアイスクリームだった。こうした経過があって、当時のヨーロッパにアイスクリームが伝わった。超高級なレストランは、それぞれ地下に秘密の氷室を持ち、高山から運び込む氷の保給に腐心した。もちろん庶民の口にはいるようなものではなく、当時の一皿のアイスクリームを食べるためには、国民一人当たりの何年分もの年収を必要としたのである。

ところで、ひるがえって今の世界、ことに日本を見てみると、我々がいま「冬にアイスクリームを食べる」ことが普通になっている。僕が子供の頃にはもちろんこんなことはなくて、これはここ二十年くらいにできた傾向である。もちろん暖房装置の普及なしにこんなことは考えられない。エアコンが極度に進化し、また安くなったおかげで、我々は夏は部屋を寒いくらいに冷やしてスキ焼きを食べ、冬は汗ばむくらいにあったためてアイスクリームを食べる。この状況というものは、中世の庶民はもちろんのこと、カトリーヌ・ド・メディチの想像力をもってしても考えつかないことなのではないか。人間の想像力というのは自分の生きている世界に忠実に立脚しているものだから、たとえば、

「私もアイスクリームを食べられる身分になりたい」

とか、

「もっともっと、毎日毎日飽きるほどアイスクリームが食べてみたい」

とかいった範囲の空想がせいいっぱいだろう。夏と冬を部屋の中で逆転させて、外は炎天下なのに部屋の中は肌寒く、寒さを緩和するために熱い料理を楽しむ、などというのは想像力の圏外のことと思われる。このことだけを例にとって考えてみても、我々は古代の人から見れば想像を絶する楽園に住んでいるのだ。身のまわりのいちいちをそうした目で見返してみると面白い。電灯、電話、ガス、水道、車、飛行機、テレビ、コンピュータ、ロボット、印刷物、無線、月ロケット、CD、根絶された伝染病、ETCETC。我々がいま住んでいる世界は楽園以外の何ものでもない。アレキサンダー大王よりも、ジンギスカンよりも、そのへんの小学生のほうが何十倍も愉快な生活をしているのだ。そしてそうした楽園のすべての代償として、我々はいま「核」というものを持っている。差し引きはゼロなわけだ（マイナスかもしれない）。

ところで、いまのこの世が楽園だ、という考え方は古来からあって、たとえば古代マヤには「楽園認識装置」ともいうべき、不思議なドームがあった。このドームには窓がなく、下方の壁に小さな穴がいっぱいついている。この中にたくさんの人を入れて、建物のまわりで火をたき、多量のトウガラシを入れる。刺激性の煙で中の人をいぶすわけである。当然、中は熱と酸欠と毒煙で、地獄のようになる。これ以上やったら死ぬ、というところでドームの扉を開いてやる。甘くて涼しい空気の中に出てきた人々は、そこで初めて、この世こそ楽園であることに気づくわけである。

僕は、このドームのようなものは、今の世の中にこそ必要なのではないか、と思っている。アイスクリームが夢の食物であった時代を越えると、アイスクリームはただのアイスクリームでしかなくなる。そこで夢見られるのは、いくら食べても太らず、いくら食べてもお腹をこわさない「超アイスクリーム」みたいなお菓子である。そうやって楽園にいる人々は「超楽園」を夢に見る。のどの乾いた人が逃げ水を追うように、人間はどこまでも空しい前進を続けていくだろう。その先に楽園があるとは、僕にはとても思えないのだ。

なぜ人間は無知なのか

昔、よくいっしょに仕事をしていた、ビデオアーティストの中野裕之から久しぶりに電話がかかってきた。彼がまだ大阪の読売テレビにいた頃、僕はいっしょに変てこな番組を作ったりした。彼はその後独立して東京に事務所をかまえ、戸川純やPHYS'（サイズ）のプロモーションビデオを作ったり、いとうせいこうの「業界君物語」を撮ったりと、大活躍している。彼は今度CD機器の新機種に付けるビジュアルソフトを作ることになったので、「お知恵拝借」という感じで電話をしてきたのだ。彼のいま頭の中にあるアイデアでは、「夢遊病者」の男と、「見てしまう人」の二人をからませて十五分ほどのビジュアルを作りたい、ということだ。「見てしまう人」というのは何かというと、たとえば果物屋の店頭に立つと、イチゴならイチゴを、イチゴが視野いっぱいになるまで顔を近づけてジーッと見てしまう。そういう変な性癖を持った人なのだ。なぜそんなことを思いついたのかというと、中野自身が最近そういう世界に「はいって」しまっているからなのだという。事の起こりはある公園で、ビデオカメラで小さなスギゴケを見ていたのがきっかけだった。拡大してフレームいっぱいのスギゴケを見ると、そこには山の樹々と何ら変わりのない、うっそうとした「森」があった。その「森」をずっと眺めて、やがてカメラをパンしていくと、とんでもなく巨大な羽虫の死骸などが映る。驚異的で恐ろしくも美しい世界だ。もっとパンしていくと、何か非常に広大で起伏のある山脈に行き当たる。まるで無限に続くかのような山並みなのだが、それは実はただの木の根っこの一部なのである。それ以来、彼は何かあるとすぐミクロの世界にはいって「見て」しまうのだそうだ。

その感じは僕にもよくわかるので、レーウェンフックの話や、前にも書いた『火の鳥』の中の極大から極小へ無限背進していく世界の話などをしばらくしていた。その中でひとつ気になったのは、もし「見てしまう」男がいたとすると、その男というのはどんどん衰弱していくのではないだろうか、ということだった。たとえばその男が満員電車に乗っていて、ものすごくきれいなOLと向かい合わせになったとする。男は当然その美人の顔を「見て」しまうはずだ。その場合、美人の顔を構成している目や鼻や口というものは、その意味を完全に失ってしまう。視界の中に映るのは永遠に続くような「皮膚の大平野」である。月の表面を規則的にしたように毛穴が続き、大木のようなうぶ毛が乱立している。ところどころに老廃物のかたまりや色素沈着があり、脂《あぶら》や汗が恐山《おそれざん》の温泉のように噴出している。鼻は高くて大きな山脈であり、巨大な洞窟がふたつ口をあけている。ひとたび「見て」しまうと、そこは美人もブスもない。こういう視点で美人を見てしまったとすると、この男にはおそらく性欲というものは決してわかないにちがいない。あるいは食べ物を「見て」しまったとしても同じである。トンカツならトンカツを「見て」しまうと、決して食欲はおこらないだろう。それに、たとえば鏡で「自分」を「見て」しまった場合、自分の意味がそこで解体してしまうと自分に対する愛情がおこらなくなってしまう。つまりこの「見る男」は食欲も性欲も生きる意志さえも失って、どんどん衰弱していくと思われる。彼が生きるためには、彼自身がミクロのスケールの大きさに変身するしかないのだ。

こう考えていくとわかるが、我々は自分の大きさに即したスケールで物を見るように作られている。アリにはアリの視界のスケールがあり、恐竜には恐竜の、ヒトにはヒトのスケールがある。そのスケールをはずれてミクロスケールにはいってもマクロスケールにはいっても、その生物は生きていくことができない。これは当たり前の話で、ここからが問題なのだが、これと同じことが「知能」に関してもいえるのではないか、と僕は思うのだ。たとえば、視界のスケールの問題として、いま仮にアリと人間というものを考えるとする。アリの視界スケールでは人間というものを理解することはできない。唯一わかるとすれば、人間の全表面をアリがビッシリとおおい、なおかつそこにアリの個々が交信して総合的に構成する「全体的知覚」というものがある場合だけに限られる。もしここで仮に一匹のアリに人間と同じスケール、つまりアリから見ればマクロ的スケールの視界が与えられていたとする。その場合、一匹のアリが人間というものの全体像を理解したとすると、そのアリはどうなるだろうか。恐らくは恐怖のあまりに瞬時にして死んでしまうのではないだろうか。ちょうどウサギがちょっと大きな音に襲われたとたんにショック死してしまうようにだ。

人間の個々の知能というのもそういうことのために非常に限定されているのではないかと思うのだ。ユングやさまざまな宗教家が提唱する「集合的無意識」というものがあるとすれば、その存在は宇宙のすべてを理解しているかもしれない。あるいはそれ自体が全知全能の「神」であり、すべての源であるのかもしれない。しかし、それを構成する我々個々の存在の知力は、もともとミクロの知覚しか持たないように作られている。全ての情報や真理をその微小な「細胞」に注入した場合、その細胞は負荷の大きさに耐えられずに一瞬にして吹き飛んでしまう。つまり我々にとっては「真理を見る」ということは「死ぬ」ことを意味するのではないか。我々が宇宙の実相も知らず、時の始まりも終わりも知らず、何もかも永遠に知り得ずにいるのは、つまりそういうことなのではないだろうか。アリが永遠に人間の全体を知ることがないように、我々もまた真理を知ることは永久になくて、むしろその方が幸せなのかもしれない。

鰯の頭は効くか

最近読んだ本の中で面白かったもののひとつに『奇妙な論理――だまされやすさの研究』（M・ガードナー著・市場泰男訳・社会思想社）というのがある。M・ガードナーというのはオカルト信者から見れば胸のむかつくような憎たらしいおっさんだと思うが、この本は著者の判断の是非は別にしても、ニュース・ソースとしてだけ見ても面白い。地球空洞説だのESP研究だの、著者のいうところの「擬似科学」なるものがコテンパンにやっつけられている。その中でも僕にとって面白かったのは、「医療の四大宗派」という章だった。洋の東西を問わずに、人間の健康への願望はさまざまな珍療法やイカサマ療法を生み出す。ことに最近の日本は「○○健康法」の花ざかりで、そのイカサマぶりの野放し状態は、反動がきたときにかえって言論の自由や神秘主義思想への弾圧を生むのではないかとさえ思われる。もちろん、アメリカにもこうしたとんでもない療法はたくさんある。中には一時期おおいに認められたために、いまだに大学で教えられているものさえある。そうしたもののひとつに「同種療法＝ホメオパシー」なるものがある。この療法はドイツのハーネマンという医師が十九世紀初頭に考案したもので、「同様なものは同様なものを治す」という主張にもとづいている。これは免疫療法と同じ考え方だが、免疫が少量の病原菌を投与して抗体を作らせるのとちがって、同種療法の場合、ありとあらゆる事物にその考えがあてはめられる。たとえば鉛というものは人体に有害だが、この鉛毒で苦しむ人に対してほんの少量に薄められた鉛を投与する。この場合、その薄さというのは薄ければ薄いほど良いのである。どれくらいにまで薄めるかというと、「一グレーンの一デシリオン分の一」まで薄める。一グレーンというのは〇・〇六四八グラムである。一デシリオンとは百万の十乗である。これをたとえると薬の一滴を太平洋に落としてかきまぜ、その海水を一さじすくい取ったくらいの薄さ。薄いというより、その中にはもとの分子が一個も含まれていないと言ってもいい。ハーネマンの意見によると、薬はそれが「物質的でなくなればなくなるほど霊的な治療力を発揮する」という。たとえば食塩をその処方で薄めたものは千三百四十九種の症状に対して効能がある。そうした薬は約三千種が認められていて、中には妙なものもたくさんある。「クラリマ・フィリア」という薬の原料は「幼女の涙」である。ほかにも「ヒトデの粉」「スカンクの分泌物」

「ナンキンムシ」「ヘビの糞からとった尿酸」など、ほとんど魔女の煎じる薬の世界である。

ところで、この療法は実際に何百万という人間を治して効果をあげた。そのために一時はアメリカで二十二校の医師養成学校が生まれ、エマーソンやマレーネ・ディートリッヒなどの信奉者を生んだ。今ではさすがに衰えているが、それでもいくつかの医科大学では大学院でこれを教えているし、イギリスではいまだに盛んで英王室は王立同種療法病院をつくり、そこの医師をご典医として召しかかえている。

なぜそんなにたくさんの人が治ったのか。ひとつにはハーネマンの主張で、この同種療法の薄い薄い薬は、投与から少なくとも三十日たたないと著しい効果をあらわさない、とされたためである。一ヵ月もたてば人間の自然治癒力で治るべき病気は治っているか回復しつつある状態かになっている。薬が効いたせいかどうかの判定ができない。さらに、その自然治癒力を劇的に引き出すものがあった。患者自身の同種療法への信頼と暗示である。この「奇妙な論理」の中でガードナーはこうしたイカサマ療法を痛烈にやっつけている。カイロプラクティックまでが槍玉にあがっている。しかし僕は、ちょっと待てよ、とも思うのだ。医療の根本目的は〝病気を治すこと〟であ る。「学界に認められた科学的医術」で治すこと、ではない。結果的に治るのであればそれが鰯の頭であろうが呪術医のまじないであろうがかまわないのではないだろうか。暗示によって治癒力を引っ張り出したからイカサマだというのは話がおかしい。現に暗示や催眠術による精神身体医学は大きな効果をあげている。ガン患者に、ガンがやっつけられているところをイメージさせて抵抗力を引き出したりするのである。そもそもが催眠術や暗示療法というもの自体がイカサマ医術からきている。その元となったのは「動物磁気」説をとなえたメスメルである。メスメルは人間の体にはある種の磁気が流れていると確信し、この放射を治療に使った。木の桶の中にガラスや鉄くずを詰め、そこから何本もの金属棒を突き出して患者に握らせた。これによって実際に何万人もの人の病気が快癒したのである。後に学術調査で動物磁気の存在は否定され、メスメルはペテン師の烙印を押される。しかし、謎は残った。なぜたくさんの人が治ったのか。これを研究していくうちに発見されたのが今の催眠術である。そしてそこから精神医学というものもまた生まれた。だから誰もこのメスメルやハーネマンを嘲《わら》いとばす資格はないのではないだろうか。ことにこの同種療法などは、あまりにも薄めてあるために、たとえカドミウムを使っても体には無害なのである。害がなくて現実に効くのならばそこには何かがあると考えねばならない。それが科学的態度というものだろう（この場合はメスメルと同じく、暗示による抵抗力増進である）。

思えばいまの科学そのものが中世の錬金術という非常に怪しげな、イカサマくさいところから発生しているのだ。そこに未知の現象が明らかに存在するからこそ、「イカサマ師」たちはそれを究明したのである。電気や磁気、化学反応や金属の精製術、薬の合成、全てそこから生まれたのだ。進歩の敵となるのは無知で「だまされやすい」人々ではない。冷然と嘲笑して、無視をきめこもうとする「だまされにくい」人々なのである。

II 僕はギョッとする

こわい話

心臓がギュッと縮みあがるような経験を、半月ほど前にした。車を運転していて、すんでのところで高校生をひきかけたのである。宝塚市の自宅から大阪にある事務所まで、僕は自家用車で往き帰りしている。その日も、通い慣れたる田舎道を転がしていたのだった。僕の家の近所は新興の住宅街なので、小さな子が多い。それに加えて、僕は自分の娘が二歳のときに軽トラックに巻き込まれたという経験を持っている。そのときは子供が小さかったので、車の下を奇跡的に転がり抜けて、頭を六針縫うだけのケガですんだ。そんなことがあるので、運転は慎重である。ただ、そのとき走っていた道は、対向二車線の比較的広い道で、間断なく車が走っている区域である。流れにのってスイスイ走っているその目の前に、いきなり自転車に乗った高校生が猛スピードで突っ込んできた。僕の走っている道と直角になった路地から、道路と垂直にビュッと飛び出してきたのである。その路地自体は家と家にはさまれた小路なので、飛び出してくるまで自転車は見えない。咄嗟にブレーキを思いっきり踏んだが、そのままでは間に合わない。もろに自転車の横っ腹に激突してしまう。ブレーキを踏みつけつつ、右へハンドルをきって、対向車線へまわり込んだ。ほんとうに数センチの差で、車は自転車をよけ切った。ニキビ面のその高校生は、何を考えているのか知らないが、そのまんま素知らぬ顔で自転車をこいで先へ行ってしまった。追っかけて怒鳴りつけてやりたかったが、それよりも自分の心臓を鎮めるほうが先である。僕は車を道沿いに止めて、ハンドルの上に額を押しあて、深呼吸をした。心臓は何者かの手でわしづかみにされているかのように縮んだり膨張したり、それをおそろしい早さでくり返していた。全身のアドレナリンはまだ分泌をやめないようで、肘から下や顔面の皮膚の裏にざわざわした波が立っていた。冷静にそのときの状況を考えられるようになったのは二十分くらい後である。それまでは、〝もう少しで人を殺すところだった〟〝殺さなくてよかった〟このふたつの思いより先に考えがいかなかったのである。冷静に考えると、いくつかの幸運のおかげで人をひかずにすんだのだ。まず、自分が寝不足とか宿酔《ふつかよい》とかの状態でなかったこと。スピードをそれほど出していなかったこと。そして何より、乗り入れた対向車線、及び僕の後ろに車がいなかったことと、ETCである。自分の娘がたすかったことといい、今回のことといい、僕には何か強い守護霊がついているのかもしれない。僕のような不信心者でも、何かしらそう信じたくもなる。

ところで、今考えてみると、僕の視野の中に自転車がとび込んできたのと、ハンドルをきるまでの時間というのは、おそらく一秒の何分の一かのほとんど「瞬間」であったはずだ。思い出すとその何分の一秒かの間に、僕はずいぶんとたくさんの考えごとをしている。それを全部述べるとこうなる。〝あっ、高校生だ〟〝いかん、ひいてしまう〟〝ブレーキ!〟〝だめだ、間に合わない〟〝右へ切って対向車線に〟〝民家にぶつかるかも〟〝それでもいい〟〝対向車に〟〝車同士の方が人をひくよりマシだ〟〝でも間に合わないかもしれない〟〝人を殺してしまう〟〝もうみんなおしまいだ〟〝新聞にのる〟

普段、これだけの速度でものが考えられたらなどといま呑気なことが考えられるのも、自分が幸運だったからこそだ。読者諸兄も、くれぐれもご注意を。

日常の中の狂気

かなりこわい話を書く。

僕の友人が住んでいたアパートは、壁が薄くて隣の部屋の物音がよく聞こえるような安普請であった。彼の隣の部屋には若い女性が住んでいたが、しょっちゅう人が訪ねてくるらしい。彼氏なのか友人なのかはわからないが、いつも話し声が夜中までしている。僕の友人は、その女の人の顔をまだ見たことがなかったので、少なからず興味があった。ある日、例によって話し声が聞こえてきたので、これが彼氏であればそのうち一戦おっ始まるかもしれない。そういうけしからぬ期待に胸ふるわせた友人は、ついに部屋の物干し台のところから隣の物干し台に飛び移り、女の部屋の中をのぞき込んだのである。部屋の中にいるのは、女一人だけであった。二十代後半くらいの、やせて長い髪のその女は、壁に向かってきちんと正座し、壁の一点を見つめてしきりに話しかけていたのである。友人は背筋がゾッとして、音を立てないように自分の部屋にもどったそうだ。

一人で壁に向かってしゃべりかける、というのが精神病の域にはいるのかどうか、僕は知らない。彼女は「役者」を職業としているのかもしれないからだ。たとえば桂枝雀師匠は電車の中でも口の中でぶつぶつ落語をやるので、周囲の人から非常に気味悪がられるそうだ。僕が前に住んでいたマンションにも、ちょっと普通でないおばさんがいた。この人はベランダでふとんを干して叩きながら、のべつ幕なしにしゃべっているのだ。

「ああ、こんな天気のいい日はふとんを干さんといかんのやわ。重たいふとんをこうやって陽に干して、腕が疲れるのにこうやってバシバシ叩かんといかんのやわ。こうやってバシバシ叩いたら、ほら、こんなにホコリが出てくるけど、こんなもんではすまない。まっだまだこうやってバシバシ叩くんやわ」

ずっとこうしてしゃべっているのである、このおばさんはたしかに変ではあるが、入院加療が必要なほど変だとは思えない。むろん医者に言わせれば何らかの病名がつくのだろうが、彼女がそうやってふとんを干して立派に主婦役をこなしている以上、これは「病気」ではなくて「奇癖」と見てあげるべきだろう。狂気と正気との混在する、ニュートラルな部分の幅をかなり広く取っておかないと、都市における生活などできないからだ。たとえばマンションというのは自分を世界から完璧に隔離してくれるが、それはつまり自分を「正気でいなければならない」世の共有空間から解き放ってくれることでもある。その中でたとえば僕が「素っ裸になって頭にカボチャをくりつけて都はるみの歌を歌いつつオナニーをする」というのが趣味であったとする。これは明らかに普通ではない。が、それは「正気」という非在の状態に照らしてみて「変」なのであって、各自がそれぞれに抱いている個々の狂気と比較すれば、「普通に」狂っているに過ぎない。正気というのは抽象概念であり、どこにも「この人こそ正気だ」という人間は存在しない。つまり正気とは非常に稀有な狂気の一形態だということもできる。

他者の狂気、自分の狂気に対して寛大でなければ、とても街では生きていけないのだ。

動物を見る話

僕は昭和二十七年生まれだが、子供の頃に道を歩いていると、ときどき馬糞や牛糞が落ちていることがあった。そんなに田舎だったわけではない。大阪に近い尼崎市だから、むしろ工業都市である。それでも近所に牧舎があって牛がたくさん飼われていた。国鉄の線路ぞいの土手を利用して豚を飼っている人もいたし、たいていの家がニワトリを飼っていた。通りへはよく「ロバのパン屋」が通って僕がまだ舌ったらずの口調で、

「ロバ、ロバ」

と言うと、近所のガキ大将が嗤《わら》って、

「アホか。あれは馬や」

と言ったのを覚えている。初めて覚えた一群の歌の中にもたしかあの、

「♪ロバのパン屋がチンコロリン
チンコロリンとやってくる」

という歌がはいっていたはずだ。つまり、身のまわりにけっこういろんな動物がいたのである。鳩を飼っている子供も多かったし、その鳩をねらってイタチや蛇が庭先をウロウロしていた。だから道を歩いていてけしからぬ物を踏んづけたとしても、それは必ずしも犬や猫の糞であるとは限らなかった。いかにも田舎っぽい匂いのする、牛や馬の糞に出くわすのもそう珍しいことではなかったのだ。最近はとんと馬が道を走ってませんねえ、と言ったら同業のCFプランナーに嗤われた。彼は以前、CFで馬が街路を走るシーンを撮ろうと思ったのだが、調べてみるとどうもそれは街中では不可能らしかった。交通法によって馬は街路を走ってはいけないことになっているらしい。

「それじゃ参勤交代ができないじゃないか」と冗談を言って笑っていたら、年配の先輩がとっておきの話をしてくれた。彼は近代的ビルのどまん中で「トラ」に会ったことがあるのだ、という。大手広告代理店に勤めるその人は、ある日社内八階にある撮影スタジオへ行こうとエレベーターに乗った。八階でドアが開いて降りようとする

と、自分の視界の下のほうで何やら黄色い大きなものが動いているのが見える。よく見ようと思ったとたん、その大きなものは立ち上がって、彼の両肩にドスンと手を置いた。と同時に、

「はあっ、はあっ」

という生臭い息が顔に。どう見てもそれはトラだった。金縛りにあったように凍りついていると、そのトラの後ろの方からCFスタッフののんびりした声が聞こえた。

「大丈夫だよ。そのトラ、まだ子供だから」

CF用に借りてきたトラが、スタジオから遊びに出てしまったのである。気の毒に、広告屋なんかを職業に選んだせいで、その人は寿命が十年は縮んだにちがいない。

しかし、上には上があるもので、もっとすごい体験をした人もいる。この人はドキュメントなどを書いている中年の作家だが、若い頃に東北に旅行をした。夜中に何やらすさまじい物音が道の方から聞こえてくる。ホテルの窓からねぼけまなこで街路を見おろしたところ、道をキリンが走っていた。そのキリンの後からゾウの群れやシマウマなどが地鳴りをさせて走っている。彼は自分の頭がおかしくなったか、まだ眠っていて夢を見ているのだ、と思った。何度も目をこすってみたが、やはりゾウもキリ

ンも眼下の道を走っているのである。彼はその日、自分が来た街にサーカスが来ていたことを知らなかったのだ。そのサーカスのテントで火事がおこった。飼育係は、とりあえず動物たちの命を助けるために、オリからおとなしい草食動物だけを放ったのである。かくして東北の街路はその夜だけサバンナと化したのであった。こんな経験がもてたその人を、僕はうらやましく思う。

ここ何年も競馬場には行っていないが、以前は近くの仁川《にがわ》競馬場へ馬を見にいった。ゾウやキリンほどではないだろうが、冬の日に湯気をたてて走っている馬などは、それだけでけっこう劇的ではある。当てずっぽうでせいぜい五千円くらいの馬券を買う程度だが、劇的にもうかった、ということは一度もない。馬を見るオマケだと思えば、それはそれでなかなかノーブルな遊びだという気がする。

あんこゲリラの恐怖

朝日新聞でやっている「明るい悩み相談室」に先日こういう投書がきた。ハガキの主の男性は昔からずっと「かりんとう」が大好きなのだが、「花林糖」という美しい名前にもかかわらず、あれは「うんこ」に酷似している。二十一世紀まで「かりんとう」は生き延びることができるだろうか、という内容だった。これに対して何をどう答えようもないので、僕は自分が小さいときに飼っていた鶏の糞をかりんとうだと思って素手でつかんでしまった話を書いて返事にかえた。すると次の週に、全国各地からいっぱい抗議の手紙がきたのである。抗議の内容はほとんど同じで、かりんとうは鶏糞なんかには似ていない、というものだった。鶏糞というのはもっと水っぽくて、しかも尿の部分は白っぽくなっている。かりんとうの形状とは似ても似つかないものである。事実誤認を新聞に書いてもらっては困る、というものだった。中で傑作だったのは、「少なくとも私の住んでいる地方ではそうである。あなたはどっかおかしなところに住んでいるのではないか」

というのや、

「お宅の地方では鶏は四本足なのか」

というのもあった。言われてみるとその通りで、してみると僕が素手でつかんだかりんとうそっくりの物体は、いったいどういう動物が残したものであったのか、今となっては調べようもない。

ところでこの投書でなるほどと思ったのは、世の中には「かりんとうが好きで好きでたまらない」といった人がやはり存在するのだ、ということである。僕はことに菓子を食べないほうなので、たとえばかりんとうだのねじり飴だのボンタン飴だの、どちらかといえば主役ではなくて店のすみのほうでひっそりとしている風情のお菓子の存在を不可解に思っていたのである。買う人もいそうにないのにどうしてあいったものが滅びずにいるのか。あるいは「きんかん」みたいな果物。僕はいままでに、

「わたしゃ、きんかんが何より好きでね」

と言ってあの赤いネット袋からきんかんを食べ散らかしている人を見たことがない。しかし、やはりそういう人がいるのだ。そういう人たちが固定購買層となってかりんとうだのボンタン飴だの岩おこしだのを支えているのにちがいないのである。

ちなみに言うと、関西地方の駅のキヨスクでトップの売り上げを示しているのが何か、ご存知だろうか。新聞でも煙草でもオロナミンCでもない。「赤福もち」なのである。それを知って売店を見てみると、たしかに赤福はたいていの売店にドンと積んである。それを大量に買い込んでいる人を見たことはないが、確実に「闇の赤福族」は存在するのである。和菓子支持派はいまや深く静かに潜航中なのにちがいない。隣のおじさんが赤福族でないとは誰も言いきれないのだ。無気味だ。

チューリップと牡丹

義弟の子供がヨチヨチ歩きをするようになった。僕の家へ遊びに来て、さっそくむずかり出すのを、お母さんが庭へ連れて出す。「桂南光さんの額」くらいの小さな庭に、チューリップが二、三本咲いている。子供は、ツヤツヤしたチューリップの、お菓子みたいな色合いが珍しいのか、しゃがみ込んでツンツンとつっ突いている。お母さんはその後ろに腰を落として、小さな肩をかかえ込むようにしながらあやしている。

「ほら、〇〇ちゃん、お花さん。お・は・なっ!?　きれいきれいでしょ？　ね？」

と、眉をしかめながらチューリップをさわっていたその子が、二、三本しかないその花をむんずとつかむと、いきなりブチッとちぎり取ってしまった。〝お花さん、きれいきれい〟と言っていたお母さんは、その瞬間、

「あっ……」

と言ったまま目が点のようになって、しばらくは声も出ない。赤ちゃんは、やっぱりまだ機嫌がなおっていなかったのだ。

ガラス越しにそれを見ていた我々は、呆然としたお母さんの表情と、赤ちゃんのワイルドなしかめっ面の対比に大笑いである。

どういう連想が働いたのかは知らないが、僕はこの光景から、山上たつひこさんの漫画、『牡丹灯籠』を思い出してしまった。『喜劇新思想大系』の中の一編だったと思うが、ここに出てくるお露さんというのは、女子プロレスの悪役のダンプ松本かブル中野か、というくらいのいかつい大女である。醜女《しこめ》の深情《ふかなさけ》で、冥界の住人でありながら現世の男に逢いに行く。例のカラーン、コローンの足音で夜道を行くはずが、なにせそういう怪女なので、風情《ふぜい》は出ない。どちらかというと、番長が鉄ゲタでグワラグワラ歩いている感じである。惚れられた男の方は、お堂にこもって、外側の壁には「ありがたいお札」を貼っている。怨霊退散の法力がこもった封印である。お堂の前まで来たお露さんはそのお札をじっと見ているが、やがて怒りの形相を浮かべる。

「ふんっ、何さこんなもの」

と言うなり、自分の鼻息でお札を吹き飛ばしてしまうのである。その後お露さんは板壁をバリッと蹴破って中にはいり、男を小脇にはさんでさらっていってしまうのであった。

「横紙破り」とはまさにこういうことを言うのだろうが、霊験《れいげん》も法力もあったものではない。それも当たり前で、こうしたサイキックな力は、お互いの文化的コンセンサスの上に立って初めて実効力を持つものだからだ。ドラキュラが十字架を怖れるのも彼がキリスト教徒の転んだなれの果てだからである。封印なんぞは屁とも思わない怪力女のお露さんと〝お花ブチッ〟の赤ちゃんはよく似ている。

「花は手折《たお》らず賞《め》でるもの」といった、しゃらくさい通念がない。このまま大きくなって立派なパンクスになってほしいものだ。

ブラックリスト

ホラーマニアのＴＶディレクターと情報交換をしていた。僕もホラーマニアなので、お互いにたいていの映画は見ているし、評価もだいたいにおいて一致する。ただ、たまに食わず嫌いで見逃している傑作もあったりして、やはりマニア同士の情報交換は役に立つ。

「らもさん、〝ブラジルから来た少年〟は見ましたか？」

「いや、見てないです。何ですか、それは」

「これは名作ですよ。クローン人間の話なんですけどね。役者陣も超一流だし、よくできてます。劇場公開されなかったんで知ってる人が少ないんでしょうけどね」

「あ、それはさっそく借りて見なくちゃ」

「〝ハヌッセン〟は？」

「いや、知らない」

「これも面白いですよ。ヒトラーが唯一恐れてたという超能力者の話でね」

「ほう。そりゃ面白そうだな」

「ぜひ見てください」

「○○さん、〝ゲロゾイド〟は見ました？」

「え？　ゲロ……何ですか？」

「〝ゲロゾイド〟」

「いや、見てません」

「〝ゴゲリアン〟は？」

「いや、知らない」

「でも、〝バイオロイド〟は見たでしょう？」

「見てないなあ」

「〝突然変異体・バイオロイド〟っていうんですけどね」

「面白いんですか？」

「学者がですね、ＤＮＡの操作法を開発していく話なんです」

「〝アルタード・ステイツ〟みたいですね」

「あれのパクリなんでしょうけどね。やっぱり学者自身が実験台になって、先祖返りしていくんですね。それでついには恐竜になっちゃうわけです」

「そんなアホな」

「その恐竜がまたダサいんです。身長二メートルくらいしかなくて、ハリボテで。しかも警官隊に一発で射殺されちゃうし」

「何なんですか、それは」

「〝俺の二時間を返してくれ〟と僕は絶叫しましたね」

「気の毒に」

「この不幸を自分一人だけが味わうのはつらすぎる。○○さんもぜひ見てください」

「いや、ちょっと見る勇気が持てませんなあ」

僕は一日二本くらいのホラー映画を見ているが、たいていの失敗作はそれなりに笑って見ることができる。ただ、中にはこれだけはどうしても許せない、というような作品もある。だから情報交換の際には、どの映画が良かった、というよりは「これだけは見ちゃダメ」情報の方が大事なんである。

それにしても『突然変異体・バイオロイド』、恐るべき作品だった。

嘘について

「嘘」とがっぷり四つに組んでいるのが僕の商売である。結果は勝ったり負けたりだが、少なくとも書くもの作るもの、嘘と無縁で成立することはあり得ない。

この前、大阪でやった芝居『人体模型の夜』は、ホラーのオムニバスだった。ホラーというのはつまり「いまから嘘をつきますよ」と大書した看板をかかげることである。

嘘を前提にして「嘘つき上手」のお手並みを観客が楽しみにくるわけだ。これは、作り手にとってはなかなかシビアなジャンルである。

四話構成の中のひとつに「腹の顔」という作品がある。

主人公は「人面瘡評論家」を職業にしている。

ここからしてまず大嘘である。

そんな評論家がいるわけがない。

当然のことに、この主人公はヒマを持てあましている。

そこへ一人の客が現われる。

客の名刺を見ると、「のっぺらぼう評論家」とある。

嘘の上塗りである。

男二人は、自分のことは棚に上げて舌戦を開始する。人面瘡評論家の方の主張はこうである。

「人面瘡というものは現存する奇病の一種だが、のっぺらぼうなんてのは所詮、ただの民話にしかすぎない」

これに対して客の方は、人面瘡ものっぺらぼうも共に現存する、と譲らない。その証拠に、自分がその人面瘡で悩んでいるのだ、と言う。

「あなたが人面瘡で悩んでいる？　じゃ、見せてごらんなさいよ」

「見せてって……、さっきからずっと見てるじゃありませんか」

「どういうことだ」

男は自分の顔を指さす。

「これですよ」

「それは君の顔じゃないか」

「いや、実は、私、もともとは生まれついての〝のっぺらぼう〟だったんだ。その〝のっぺらぼう〟の上に〝人面瘡〟ができて、こんなになってしまった」

結局、評論家はヒマな客にいっぱいかつがれてしまったわけである。

怒った評論家は、じゃあ本物の人面瘡を見せてやろう、と言ってシャツのすそをまくる。腹の上に、つぶれたような人間の顔がある。

さわっているうちに、その顔はカッと目を開いて、客の腕に嚙みつく。

引き離そうとして、両手で人面瘡の口をこじあけていた評論家は、今度は自分が食いつかれてしまう。

腕、頭、胴体と、次々に食われていって、最後に人面瘡は自分が現われている「腹」の部分も食ってしまう。

後には、何も残らない。

以上が脚本の筋書きである。

もともとこれは小説として書いたのを舞台用に書き直した。

アイデアの元になったのは落語の『あたま山の花見』だった。

『あたま山の花見』は、嘘も嘘、究極の大嘘のような古典落語である。

ある日、男の頭のてっぺんに桜の種が植わってしまって芽を吹く。

桜はどんどん大きく育って大木になり、春になるとみごとな花を咲かせる。

その木の下に花見客が集まってどんちゃん騒ぎをやるのでうるさくてたまらない。

とうとう男はその大木を根っこごと引き倒してしまう。

木を抜いた後に大きなくぼみができ、雨がふるたびに水がたまって、とうとう大きな池になる。

近所の人が釣りをしにきて、やはりわずらわしくてしかたがない。

絶望した男は、ついに我と我が身を頭上の池に投げて、入水自殺をしてしまうのだ。

人面瘡が宿主を食っていって、ついに自分自身をも食って消滅してしまう、というのは『あたま山の花見』と同じ発想である。究極のホラ話だ。

ところで、書くのは簡単だが、舞台でこれを実現するにはどうすればいいのか。我々はさんざん頭をひねった。

肝心の人面瘡の方は、専門家に頼んで、みごとなものを作ってもらった。

腹のまわりに巻きつけると、息をするだけでそのただれたような顔がグニュリグニュリと動く。歯のびっしりはえた口も、腹の力の入れ具合で閉じたり開いたりする。

おまけにこいつはリモコンで目が開閉するのだ。右目左目、別々に閉じたり開いたり半眼にしたりできる。

さて、問題は消滅する場面だ。

食われていく場面で見せられるのは、せいぜい腕までである。あとは、くやしいけれど一瞬で消滅するしかない。

そのために、特製のソファを作った。

ソファの中央部が開閉するようにして、一瞬で体を落とし込み、ソファの後ろにかくれる。ヒモを引くと開いた部分が閉じて、また元通りのソファになる。

その間二秒ほど、まん前に役者が一人立つようにして目隠し役をするわけである。

この人面瘡もソファの仕掛けも、とてもうまくいった。

人面瘡を見せる場面では、評論家役の僕がシャツをまくり上げると、館内に女の子たちの、

「いやっ！」

という悲鳴があふれた。

消滅のシーンでは、

「あれ？」

という感じのざわめきがこぼれた。

しかし、正直に言うと、僕自身の満足度は六〇%くらいである。

やはり、己れが己れを食らって消滅してしまう、というプロセスを、何らかの形で明確に見せたかった。

そうでないと、せっかくついた「究極の嘘」のナンセンスさがうまく伝わらない。不充分な形でお茶を濁すというのは、結局、

「嘘に対して嘘をついた」

ことにならないだろうか。

日本一の大嘘つきになるためには、うっとうしいくらいの「正直さ」が必要なのにちがいない。

お祓いの卓効について

この夏、僕は生まれて初めてお祓いなるものを体験した。『人体模型の夜』というホラー芝居をやるので、慣習に従って大阪のある神社に出向いたのである。もちろん、役者スタッフ一同総出だ。

ただ、僕には一抹の不安があった。

元来が不謹慎な人間なのだが、お寺や神社などの空間にはいると、子供っぽいとも思えるほど不遜になる。その不遜さは、笑いの発作になって現われる。

永平寺ででっかい「すりこぎ」を見たときには死ぬほど笑った。

空海が虚空蔵求聞持法《こくうぞうぐもんじ》を悟得したという、室戸岬の洞窟でも、僕はただケラケラ笑っていた。

一番困ったのは、昔あるカップルの仲人をしたときである。式はある神社で行なわれた。

仲人あいさつをする段になって、ふと境内をみると、「トーテムポール」が立っている。

「神社に……、〝トーテムポール〟が……」

その瞬間、強烈な笑いの発作がきた。

かといって仲人が突然笑い出したのでは〝ご乱心〟である。このときほどつらかったことはない。

というわけで、お祓いを受けるにあたって一抹の不安を感じていたわけである。しかし、まあ何とか我慢できるだろう、と自分に暗示をかけて社の中へはいっていった。

ところが、神主さんの顔を見たとたんに、もういけなくなった。

これは同行したメンバーの中では僕だけにしかわからないおかしさだったろう。まだ若い神主さんは、全日本プロレスの三沢光晴にそっくりだったのである。

三沢は、去年まではマスクをかぶってタイガー・マスクを名乗っていたレスラーだ。天龍源一郎が全日プロを脱退したのを機にマスクを脱ぎ、全日のナンバー2にのしあがった。

ここ一年はナンバーワンのジャンボ鶴田と連日激しい抗争を続けている。

その三沢に神主さんは瓜ふたつだったのだ。

「くっ」

と僕は奥歯を嚙みしめた。

いい声で祝詞《のりと》が始まる。

「……かしこみかしこみ申し候。このたびの笑殺軍団リリパット・アーミーのお〜」

僕は小刻みにふるえながら詠唱の終わるのを待った。祝詞は長く、笑いの発作は執拗に襲ってくる。つらい十分間であった。


ところで、ホラー芝居をやると事故が多発するというのはほんとうだ。そのためにお祓いも受けるわけだが、僕の態度が悪かったので霊験がかすんだのだろうか。

芝居の前日、舞台を作っている最中、手がすべって平台《ひらだい》が足の上に落ちた。向こうずねの皮がぺろんとめくれた。おまけになぜかその日から左腕が腫れ上がってきて、手などは赤ん坊の手のように丸々とふくれた。

同じく平台を運んでいた別の役者は突然腰の骨がはずれて医者へ運ばれた。

また別の役者はけいこ中にじん帯を切ってしまった。

公演の最中、ガンジー石原という役者は、二度も〝首吊り〟になった。幽霊の役で、首吊りのロープをつけていたのだが、それの先がドアの上部にはさまれて吊られた状態になったのだ。

友情出演してくれた他劇団の役者は、お祓いを受けなかったせいか、切り込みの奈落に落ちて足をケガした。

この程度ですんだのもお祓いをしたおかげ、と考える。それにしてもこれからは神社で笑わないようにしようと思う。

玉手箱

朝日新聞で連載している「明るい悩み相談室」に、最近三通ほど同じ内容の質問が別々の人からきた。

「乙姫さまは浦島太郎になぜ〝玉手箱〟のようなものをお土産に持たせたのでしょうか」

という質問だ。

なるほど、言われてみるとあの玉手箱という奴は変だ。

普通、「お土産」というのは、さしあげて喜んでもらえるもの、使って、食べて、眺めて、楽しめるもののはずである。

なのに乙姫は玉手箱を渡しながら、

「この箱は絶対にあけてはなりません」

と脅迫めいたことを言っているではないか。あけてはならないものなら最初からくれるな、と誰でも思う。ましてや誘惑に負けてあけると、たちまち爺さんになってしまうのである。そんな危険なものを渡して、どこが「お土産」なのか。

SF的に言うと、あの箱の中には外界での「時間」が詰まっていることになる。竜宮城は、それ自体光速に近い速度で運行する時間短縮装置なのだ。玉手箱の中身はその廃棄物のようなものだろう。しかしそれならそれで竜宮の底深く、コンクリートかなんかで固めて封印しておいてくれればいいではないか。客にわざわざ持たせて帰すとは、悪意があったとしか思えない。

ここでにわかに浮上してくるのが、「乙姫・浦島不仲説」である。が、この詳細はまた別の機会に譲ることにしよう。

考えてみると、玉手箱に似た理不尽なものは、なぜか昔話によく出てくる。「鶴の恩返し」の「絶対にのぞいてはいけない部屋」なども大きめの玉手箱だと言っていいだろう。

振り返ってはならない黄昏《たそがれ》の帰り路もその口である。

それで思い出したが、昔、フーテンをしていた頃、友人がおそろしい話をしてくれたことがある。

彼は東京で、あるパンクロッカーのアパートに転がり込んで居候を決め込んでいた。

　ある日、そのロッカーが外出の用意をしながら、

「僕はこれから出かけるけどね、きみ」

　彼は棚の上にある箱を指さして、

「この箱だけは絶対にあけちゃあいけないよ」

と言い置いて出て行った。友人はもちろんのことに、男が出ていくなりあけてみた。

　中には白い粉と太おい注射器が……。

　これも現代版のヤバい玉手箱である。

　ところで、玉手箱はなにも箱、部屋などの物ばかりとは限らない。黄昏の国のように、振り返るという「行為」であることもあるし、言葉や思考それ自体である場合だってある。

　植島啓司さんが何かの雑誌で紹介してらしたが、西洋の昔話でおもしろいのがある。

　一人の若者が妖精に願いごとをする。

　妖精はこれに答えて、

「もしお前が、〝狐の尻《し》っ尾《ぽ》〟のことさえ考えなければ願いごとをかなえてあげましょう」

それ以来若者は、〝狐の尻っ尾〟のことだけは考えまいとするのだが、そう思うとついつい〝狐の尻っ尾〟のことを考えてしまう。ついには寝ても醒めても、考えるのは〝狐の尻っ尾〟のことばかりになってしまった。

いったい〝狐の尻っ尾〟について、何をどう考えるのかよくわからないが、この話には玉手箱の本質がよくあらわれている。

つまり、玉手箱は「価値」の生産装置なのである。ふたをする、あけてはならないというタブーを課する、その仕掛けだけで無から価値を造り出すのだ。無ではないにせよ、どうせ中にはロクなものははいってやしない。せいぜい煙か注射器か狐の尻っ尾くらいのものである。なのに、「絶対にあけないでくださいね」の一言が、「絶対あけてはいけないものをあけてしまう」くらいの誘引力を人に対して与えるのである。

現代社会をざっと眺め渡しても玉手箱はごろごろ転がっている。この玉手箱はついにあけられてしまったようだ。

「ヘア論争」なんかはじつに安ものの玉手箱だろう。

樋口可南子の写真集は僕もパラパラと見たし、パルコ出版の『ヌードの歴史』や「太陽」のヌード特集、雑誌「SPY」のセックス特集、すべて無修整だし、中には性器のアップ・ショットののっているものもある。

むろん、スケベおじさんである僕はハードコアポルノなどは見慣れておるので、心のざわめきなどみじんもない。あるべきところにあるべきものがある。それだけの話である。一般誌にそれがのったからといって、

「今ごろ、何だ」

くらいの感想しかない。

おそらくはほとんどの人が、そうなのではないか。つまらないと言えばこれほどつまらない玉手箱もない。なにせ、こわごわあけてみると、出てきたのは「毛」だけだったのだから。

問題は、では今まで厳重に鍵のかかっていた玉手箱、あれはいったい何だったのか、ということである。

手間ひまかけてグラビアを修悪し、洋書にマジックを塗りたくり、外国映画を監督不在で切り刻んできた玉手箱委員会のこれまでの営為は、あれはいったい何だったのだ。

ひょっとすると権力の中には粋な爺さんがござって、

「玉手箱はね、あけないうちが花。ね？」

なんてことを言って、サービス精神でハサミを入れてくだすっていたのだろうか。

そうだとすればありがたくて涙が出る。


いつの世でもそうなのだが、あけられるのは一番安ものの玉手箱だ。

「見たけりゃあけますがね。ほらね、毛しかはいってないでしょ？　つまんないでしょ？　だからあけないほうがいいっていったのに」

権力者は、一番どうでもいい箱をあけて、自らの度量を見せつけようとする。

現実には箱は無数にある。

我々の視線がさえぎられているすべての場所にこの「あけてはならない箱」が存在する。

そしてその中に詰まっているのは、煙や陰毛ではなくて、たぶん人間そのものだ。

死者、乞食、アジア人、同性愛者、女、老人、無産者、障害者、狂人、死刑囚、被差別部落民、精薄者、不良、エイズ患者ＥＴＣＥＴＣ。

それぞれの箱には、きっちりと仕分けされた人々が詰め込まれている。

「あけてはならない」理由などはどこにもないにもかかわらず、ふたが閉じられる。なにもないところから恐怖と嫌悪という「価値」が魔法のように湧きあがってくる。

いずれにしても、すべての玉手箱はいつか開かれるだろう。かくされればかくされるほど、確かめずにはいられないのが人間だからだ。箱の中に隔離されていた無辜《むこ》の人々がぞろぞろと出てくるのを見るとき、我々は気づくにちがいない。あけてはならない玉手箱の中に保管されるべきなのは、幻想喚起装置である玉手箱それ自身だったのだと。

この、「ほんとうにあけてはならない箱」は、後代、「核」の別名で呼ばれることになろう。

地球ウイルスについて

　ずいぶん昔、シシ鍋でも食べようというので猪の名所の丹波へ旅行したことがある。そこで異様な光景を見た。箱庭のように小ぢんまりとした城下町の表通りに面して、何軒かの肉屋がある。そのうちの一軒の店先の路上に、猪が二匹、ごろんと転がされているのだ。その大きさに驚いてこわごわ近づいて至近距離からながめてみた。猪は、射たれてからそう時間がたってはいないようで、路上に鮮血がしたたっている。さわればまだ温かみが残っているのかもしれない。

　と、視界のすみで何やら動いているものがある。よく見ると、それは松の実ほどの大きさの、巨大なダニの大軍だった。そいつらは猪の巨体の毛むらの中からザリザリと這い出してきて、いまや一列に隊をなしてキャラバンのように一方向へ進んでいきつつあるのだった。おそらくは、宿主であった猪の体が段々と冷えてくるので、異変を悟って這い出してきたのだろう。こんな大きなダニを見るのは初めてだし、その数も何百何千である。それが隊をなして一方向へ進軍していくのだから、あまり気持ちのいい眺めではない。しかし、一面では哀しい光景でもあった。「死の行進」というのはこういうことをさすのではないか。ダニたちは、新しい宿主である生きた猪を求めて、こうして移動しているのだろう。これが山の中であれば、万に一つの可能性で別の猪に行き当たるかもしれない。しかしここは街中の、肉屋の前のコンクリート道なのである。全軍が車に踏みつぶされ、鳩や雀のエサになるのは目に見えている。バカな奴らだ。

しかし、考えてみると、人間というのはこのダニのことを笑えない。むしろ、ダニよりたちが悪いのではないだろうか。ダニの場合、宿主である猪が射たれて死んだのは何も彼等のせいではない。しかるに、人間の場合は自分で自分の宿主である地球を死滅させようとしているのである。

地球をひとつの生命体と考えるガイア理論のような考え方でいくと、地球上の生物というのはいわば猪の体表に宿ったダニよりも、数スケール小さい細菌のようなものかもしれない。しかし人間以外のもの、たとえば植物やウイルスや動物などは、地球と共生関係にある。植物などはその最高の例であって、大気中に酸素を作り出し、地球の外側をふんわりと保護してくれている。オゾン層で宇宙線をさえぎり、隕石《いんせき》を大気中で燃やしつくしてくれる。地表を安定させ、砂漠化をふせいでくれる。つまり、ガイア＝地球にとってはいいことずくめである。

それに対して人間というウイルスは何をしているのか。焼き畑農業でアマゾンを焼き払い、割りバシがいるといっては森林を切り倒し、土をコンクリートで埋めつくし、毒物をたれ流し、生態系を狂わせ、油田を掘りつくし、プラスチックを堆積させ、山を崩し、海を埋め、ガスで地球を生あたたかくし、気候を狂わし、氷山を溶かし、オゾン層に穴をあけ、核爆発をあちこちで起こし、ＥＴＣＥＴＣ。

これはどうみても、地球にとっては「疫病」のウイルスである。納豆菌だのビフィズス菌だのといった平和なものではない。人間は地球にとっては死をもたらすウイルスである。どんなに巨大な生物でも、ウイルスによっては死に至るように、ガイアだって不死の生物ではない。

ウイルスがそうであるように、害が出るかどうかはそのウイルスの物理的な数量による。一万年前なら、人間は地球にとって無視すべき個体数でしかなかった。それが今や、陸地のほとんどをびっしりと埋めつくしているのである。

飛行機の窓から下を見ると、僕はときどきゾッとすることがある。平野を埋めつくした上に、山の中腹までビッシリと這いのぼっている人家の群れを見ると、それが何か昆虫の巣のように見えるのだ。植物の茎をビッシリ埋めているカイガラ虫の群れのように、それはおぞましい感じを与える。〝増え過ぎだ〟と思う。自分がその中の一員であることを棚に上げて、そう思ってしまうのだ。

たとえば、細菌に犯された人間の体には、抗体というものが発生する。地球にも、どこかの時点で、この「人間に対する抗体」が作られるのではないだろうか。それは我々の知性では想像もつかないような形であらわれるのではないか。人間の天敵のような、新しい生命体かもしれないし、病気、狂気、天災のような形をとるかもしれない。

人間には悪いけれども、いっそ、そのほうがサッパリするかもしれない。人間はすでに充分おごり楽しんだではないか。その醜い姿を消して、地球をそれ自身の手に返してやっても罰は当たらないだろう。あ、罰が当たったから滅びるのか……。

十年後のお楽しみ

最近、少し変わったファンレターをいただいた。差し出し人は神戸で占星術師をしているという十八歳の女の子で、星占いで僕の恋愛運を占ってくれたのである。僕は一九五二年、四月三日生まれの牡羊座なのだが、「金星を魚座に持っている」らしい。これがどういうことなのか、占いに暗い僕にはわからないのだが、彼女の占いによると僕の性格はこういうことらしい。

「情熱的でちょっぴり照れ屋。女性に優しい男性ですが、ロマンチストでもなかなか表現できないタイプです。どちらかと言うと、可愛い少女のような部分を残した女性が好みのようで、本人も子供っぽい面を残しているようです。かなり気が多い一面も。意外と迷いやすいくせに、自分かってに愛情をぶつけてしまうようなこともあるようです。また、恋愛を持続させるのが苦手のよう。SEXに対して感情のムラに左右されやすいタイプのようです。アルコールがはいると大胆になるかも知れません」

こういう僕は「せっかちで結婚を急ぎ」、結婚してからは「釣った魚にエサをやらないタイプで、家のことは妻にまかせきりになる」らしい。しかし「根が単純なので、適当におだてると扱いやすい良い夫になる」そうだ。

客観的に自分というものを見てみると、この占いはだいたいにおいて当たっている。たしかにロマンチストだが口はヘタである。そのくせに結婚は早くて大学生の間にしてしまった。家のことはいっそ気持ちいいくらいにまかせっきりである。星占いというのはたぶん統計学の一種なのだと思うが、なかなかよく当たるものだと感心をした。しかし、問題が僕の恋愛運くらいだから罪がなくていいが、いわゆる占いや予言にはずいぶん人騒がせなものも多い。人類絶滅の予言などはその最たるもので、ノストラダムスを信用するならば、あとちょうど十年で我々は全滅することになる。マスコミはこうしたことを騒ぎたてて口を糊《のり》する目論見に余念がないが、今までにこの手の予言がはずれにはずれまくっている実績が山積みになっている事実にはほとんど言及しない。予言の歴史をふり返ってみると、人類はこれまでに何十回絶滅しているか数えきれないのだ。

たとえばモンタヌスという人による最古の予言によれば、人類はA・C一七〇年に滅んでいるはずなのである。これ以降、世界の終わりに関する予言はほんとうに枚挙にいとまがないほど頻出しており、そのたびに大なり小なりのパニックが起こっている。そのパニックの規模は情報手段の発達に比例して大きくなっていると言ってもいい。パニックの中で面白いものをひろっていってみると、たとえば十五世紀の終わりにドイツの高名な占星術師であるシュテフラーという人が、「一五二四年二月二十日に大洪水が起こり、世界は終わる」と予言をした。この占星術師は巷《ちまた》で非常に信頼されている人物だったので人々の恐怖にはすさまじいものがあった。ヨーロッパの各地で支配階級の人々が「箱舟」を建造し始めた。中でもフォン・イグルハイム伯爵という人物は山の中腹に三階だての巨大な箱舟を建造してその日に備えていたらしい。

そして世界最後の日、一五二四年二月二十日がやってきた。まずいことに当日は朝から大雨がふり出したのである。人々のパニックは絶頂をむかえ、領民たちはわれ先にとイグルハイム伯爵の箱舟に押し寄せてきた。イグルハイム伯爵は、おのれ貧民ども、一人とてのせるまいぞ、と剣をとって自ら立ちむかい、暴徒の一人を斬り倒した。が人々はそれでもひるまずに箱舟へ雪崩《なだ》れ込んだために、当の伯爵は人々の下敷きになって踏み殺されてしまったのである。その後も人々は巨大な箱舟の中で安全そうな場所を求めて争い続け、その日のうちに何百人という人間が箱舟の中で死亡した。パニックは次の日になっておさまったが、皮肉なことに後になって調べるとこの一五二四年という年は欧州の歴史の中でも極めて降雨量の少ない年であったという。

ところで僕は以前、テレビか何かで大昔の白黒フィルムの珍妙なニュースを見たことがある。小学校の校庭に生徒たちが並び、教師の号令に従って、前に置いた洗面器の水に顔をつける訓練をしているのである。あまりに奇妙な光景なので覚えているのだが、今回調べてみて、これが一九一〇年に起こった世界的なパニックのニュースフィルムであることがわかった。一九一〇年というのはハレー彗星が地球に接近した年である。天文学者の計算によって、この年の五月十九日、地球はハレー彗星の尾の中を通過することがわかっていた。ところがこの尾の部分のガスの中に猛毒のシアンガスが含まれていることが判明したのである。このことを新聞がすっぱ抜いたために大騒ぎになった。当時のローマ教皇ピウス十世は人々のこの騒ぎに対してよせばいいのに、「人類は絶滅するだろう」という見解を発表した。シアンと地球大気中の水素が結合して大量のH_2Oができる。このために世界は未曾有の大洪水に襲われ、世の終わりがくるというのだ。人々は輪をかけた狂乱状態になり、これに対して教会はなんと「免罪符」を売り出したのである。これはもちろん飛ぶように売れたが、貧乏人には高くて買えない値段だったので悲観して自殺する者がたくさんいた。免罪符と同様、飛ぶように売れたのが酸素ボンベである。金持ちはボンベをたくさん買い込んで家中のすき間というすき間に目張りをほどこした。ボンベの買えない人たちは、自転車や車のタイヤのゴムで即席のボンベをつくった。彗星の尾の中を通るのはわずか数分間なのでその間息を止めていればいいと言う人もいて、ことに日本では公的にその訓練が行なわれた。僕が見たニュースはこのときのものだったのである。

さて、一九九九年にはどんな珍妙な光景が見られることやら、いまから楽しみにしている昨今である。

Ⅲ　僕はこわがりたい

『ゴシック』の恐怖

僕はここ何年間か、自分が今の時代に生まれ合わせたことをしみじみと喜んでいる。ビデオのおかげでいつでもホラー映画を見ることができるからだ。そのうえ作品だって英・米・伊・仏・中国やインドネシア製のものまで無尽蔵にそろっている。関西のホラーマニアでは芦屋小雁さんが有名だが、彼は自宅で毎日「三本ずつ」ホラーを見るのだという。つまり一日に三本ずつ見ても尽きないほどに作品があるわけなのだ。これは僕たちおじさん族のホラー・ファンにとってはまさに夢のような状況なのである。

僕は中学生の頃から恐怖映画に目がないほうだったが、その時代というのはずっと慢性的な飢餓状態に置かれていた。いわゆる「お化け映画」の類《たぐい》はその当時は夏場だ

「目のある乳房の女」の幻覚が出てきて このシーンはかなりコワい。

けにしか公開されなかったのである。それも日本製のものはたいてい『四谷怪談』のリメイクばっかりだったし、洋画といえばクリストファー・リーやピーター・カッシングが主演のドラキュラもの、いわゆるハーマー・フィルム・ホラーと呼ばれる子供だましの作品ばかりだった。恐くないし面白くない。それでも与えられるものがそれしかないので渋々ながら見に行っていたのである。恐怖映画のない秋から春までは貸本屋の恐怖漫画で何とか飢えをしのぐしかなかった。しかも、自分がホラー・ファンであるということはあまり人に言えないことだった。作品の質が総じて低かったために、ホラー・ファンであることを知人に知られると、「え？　あんな程度の低いものが好きなの」と鼻で笑われるのがおちだったからだ。この後ろめたい感じというのはホモセクシャルの人だとかプロレスファンの人だとかが自分の嗜好を隠すつらさに似ている。僕はホモではないがプロレスファンである。これでもし男が好きだったら「趣味のヘレン・ケラー」と自分を呼ぶところだ。

こうした渇きの年月を経てきているので、いま、貸ビデオ屋の棚に何百本という恐怖映画が並んでいる光景を見ると、これは夢ではないだろうか、と思ってしまうのだ。あるいは今の時代にもし僕が生まれて育ったのならばホラー・ファンにはならなかったかもしれない。僕がホラー・ファンになったのは結局、「後ろめたさ」という隠し味のせいであるかもしれないからだ。

とりあえず、今の僕はこの時代の夢のようなホラーの潤沢さを満喫しているところで、芦屋小雁さんほどではないけれど、一日に最低でも一本はホラー映画を見続けている。去年一年でも何百本と見ているのだが、その中でもし一本だけを選べ、と言われたら迷わずにケン・ラッセル監督の『ゴシック』という作品をあげるだろう。ところがこの映画は困ったことにいわゆる「ホラー映画」ではないのだ。しいて言えば「恐怖」を作品のテーマに持ってきた映画なのである。主人公は詩人シェリーの夫人であるメアリー・シェリーだ。この人は『フランケンシュタインの怪物』の作者として文学史に名をとどめている。後年ボリス・カーロフやハーマー・フィルム社を食べさせることになるこの有名な物語は、某夜、やはり詩人のバイロン男爵の屋敷で生まれた。バイロンとシェリー、それにシェリー夫人は一夜の座興としてそれぞれに恐怖幻想をあつかった掌編を書きあげて持ち寄るという遊びをする。このときにシェリー夫人が書き上げたのが『フランケンシュタインの怪物』なのだ。

映画は文学史上有名なこの一夜のできごとを描いている。映画の冒頭で、この夜会の出席者たちは降霊術のゲームをする。いたずらにしてはいけないこのゲームのせいで、どうやら一同は何やらまがまがしいものを呼び醒ましてしまったようなのだ。それが何であるかはよくわからないのだが、いわば名づけようのない未知の感情であった「恐怖」に彼らは実在という形を与えてしまった、と信じ込むのである。それは物質ではなくて、嵐にゆれる樹の影であったり、奇妙な音であったり、形はないけれどたしかに部屋の中にいる「気」のようなものであったり、過去の苦痛の思い出であったりする。ときにははっきりとした幻覚になることもあるが、「それ」はたいていは闇の中にひそんでいる不吉な「気配」のようなものでしかない。登場人物は全員水のように阿片チンキを飲んでいるので、彼らが察知する魔のようなものは阿片がもたらす幻覚だと解釈できなくもない。しかしそれよりも何よりもこの夜会に登場する人物たちの持つ、人生への絶望と負の感情、倦怠と性的放縦、過去と未来への恐怖がもたらすデカダンス、生への不安と死への不安、そうしたものすべての気配が混然となって不可知の反応と融合を起こし、何かしらまがまがしいものに生命を与えてしまうのである。映画はこうした不吉な気配を非常に微妙に描いていく。当然のように最後まで「実在の化物」みたいなものは出てこない。にもかかわらず非常な恐怖と不安を我々に与える。そういう意味では怪物がちゃんと物質をまとって現われてくれる従来のホラー映画は「とてもハッピーな」映画だとさえ思えてくるのである。この『ゴシック』を見て以来、僕はどんなホラーを見ても「我家にいるような安心感」をともなって見るようになってしまった。

血縁モンスター

僕は高校時代、体育の時間にサッカーやラグビーをやるときに級友から「鉄砲玉の中島」と呼ばれて恐れられていた。これはスピードが速いとかそういうことではなくて、途中で軌道修正がきかない、ということである。走り出したらボールが横へそれようがどこへ行こうがそのまままっすぐに走っていってしまう。行き止まりはキーパーの所だから、

「お前、また来たのか。向きくらい変えろよ」と笑われたりした。この傾向は今でも少し残っている。たとえば情報誌を見てお目当ての映画館に行くと館の予定変更のせいでちがう映画をやっていたりすることがよくある。普通の人ならそこでよその映画館をあたるか、映画を見るのをあきらめるかするのだろうが、僕はなにせ「鉄砲玉の

『ヘソの緒殺法』を使う、「死霊の罠」の赤ちゃん

中島」なのでそのまま映画館に突入して予定とちがう映画を見てしまう。おととしは『アンタッチャブル』を見に行ったのになぜか映画館では『バタリアンII』をやっていて、そのままそれを見てしまった。先日はプロレスラーのロディ・パイパーが主演している『ゼイリブ』を見に行ったはずが、かかっていたのが『座頭市』だったのでそのまま勝新を見てしまった。こういうことは僕だけかと思っていたら、知り合いのボイスタレントの女の子が似たような体験でダスティン・ホフマンの『レインマン』を見るべく行ったところ、司会の女の子が出てきて、

「え、ではただいまより『仔熊物語』を上映いたします」

驚いたがそのまま見てしまった。後で聞くとその試写会は文部省のおエラがたが集まってこの『仔熊物語』を文部省推せんにするかどうかを決めるというたいそうな試写会だったらしい。まちがって『仔熊物語』を見てしまった彼女は会場のスタッフから、

「今日あなたが見てしまった『仔熊物語』のことは決して誰にもしゃべらないように」と固く口止めされたそうだ。つまらないことを口止めするから彼女も人にしゃべりたくなり、今こうして僕が書いているわけで、この「口止め作戦」はひょっとすると映画の口コミパブリシティとしては新手の戦略になるかもしれない。

ところで僕もそうしょっちゅう見当はずれの映画ばっかり見ているわけではなくて、たいていはこの鉄砲玉は所定の場所に命中する。はずれるのはむしろ映画の中身のほうである。僕がホラー映画を好きなのは、大はずれにはずれてもホラー映画なら大笑いできるからだ。「ほんとうにイタリア人は何考えて映画つくってんだか」といった苦笑いの中にホラーの娯《たの》しみがある。たとえば『吐きだめの悪魔』だの『死霊の盆踊り』だのは超々々々々大駄作だが、こういうひどい駄作を作れる「才能」というのはアメリカ人、イタリア人、香港人にしか見られないのではないだろうか。日本人やドイツ人、イギリス人などは慎重で勤勉なのだろう、とんでもない駄作はあまり作らないようだ。ホラー作品で言うと、昨年の『死霊の罠』（池田敏春監督）、今年の『スウィート・ホーム』（黒沢清監督）ともに水準を越えた作品だ。二年でたった二本しかホラー映画がないというのは淋しい限りだけれど、どちらの作品もよくできているので日本ホラーの見通しはけっこう明るい。

『死霊の罠』も『スウィート・ホーム』も設定はよく似ている。ともにテレビ局のスタッフが取材のために化物の本拠に乗り込み、そこに閉じ込められた状態になって一人ずつ殺されていくのである。我々は日頃からテレビの突撃レポーターの横暴さにある種の憎しみをいだいているので、こうした映画ではむしろ加害者側に立った快感で見ていくことができるのだろう。

『死霊の罠』のモンスターは「胎児」である。双生児として生まれた片方が兄の腹の中に寄生した状態で育つ。意識は幼児なので、母親を恋い慕う一方で、虫を殺すように人間を切り刻む残虐性を持った怪物である。これとは逆に『スウィート・ホーム』のほうの怪物は子供を自分の過失のために焼き殺してしまった母親の怨霊である。こうした「血」のからむ設定は日本人らしくて、西洋の「風来坊」的無宿モンスターがサッパリしていることと対照してドロリとした恐さがある。見逃した人はぜひビデオで見てください。

婆あ顔の少女

この前、締め切りが山のようにたまっている間を縫って、その日で上映が終わるというギリギリのところをつかまえて『ヘルレイザー2』と『アメリカン・ゴシック』のホラー二本立てを見た。『ヘルレイザー2』は、「血の本」シリーズで有名なクライブ・バーカーの製作になる『ヘルレイザー』の続編である。前作とのからみ具合にこだわり過ぎたのか、なにかゴタッとしたところのある映画だが、それなりに面白かった。ことに石造りの建造物の屋上が地平線まで無数に連なっていて、ちょうどＩＣの表面を顕微鏡で見たように、複雑怪奇なラビリンスを構成しているという「地獄」の描写などは非常に面白かった。どこかにノスタルジィを感じさせる、自分の夜々の悪夢の風景にとてもよく似ている。

並映の『アメリカン・ゴシック』は何とロッド・スタイガーが主役だ。監督は『ヘルハウス』のジョン・ハフである。映画自体は何といったらいいのか、「予算が二千万円しかないんだけど何とか一本かっこうつけてくれませんやろうか」みたいなノリで製作させられたんじゃないだろうか。森と家ひとつと人間だけの、超低予算の映画である。若者たちが乗った軽飛行機が小さな島に不時着してしまうのだが、ここには奇怪な一家が住みついている。その一家の主人がロッド・スタイガーなのだが、この一家は開拓期のプロテスタント風の戒律を固持していて、家は二百年前そのままの生活形態である。テレビはもちろんのこと、ラジオもガスも電灯もない。食事の前には必ず神に祈りを捧げ、若者たちに対しては煙草を喫うこともセックスをすることも許さない。悪魔の所行だとこれをののしり、禁止するのである。このモラリスティックな夫婦には子供が三人いるのだが、正確に言うと「子供」ではない。長女のファニーはとうに四十を過ぎたと思われる中年のデブ女なのだが、フリルのついた子供服を着て、自分のことを十二歳の少女だと思っている。男兄弟のウディとテディも脂ぎった中年男なのだが、それぞれ自分のことを子供だと思っている。両親はこの「子供たち」をときにはたしなめ、ときには一緒に遊んで「親ごっこ」をしている。つまり、この一家全員が狂人なのである。島から出るに出られなくなった若者たちは、この狂った「子供たち」の遊びにつき合わされ、ある者は崖っぷちに立てたブランコで、ある者はナワ飛びのナワで、次々に惨殺されていく。最後まで生き残った女性主人公はついには発狂してこの家族の一員となってしまう。この映画にはこの後、まだドンデン返しがあるが、いずれビデオで出るだろうから言わずにおこう。

ここでわざわざ取り上げるまでもないような低予算のB級ホラーなのだが、この映画の唯一の見所は「自分を子供だと信じている中年」のぶきみさである。ヒッチコックの名作『サイコ』では自分を「母親」だと信じ込む、二重人格の青年が登場するが、これと同じ恐さだと言っていい。

この恐さの系列をたどっていくと、『世にも怪奇な物語』の中のフェリーニの作品に行き当たる。これはロジェ・バディム以下四人の監督の手になるオムニバス映画だが、誰に聞いてもやはりこのフェリーニの作品が一番恐かった、と言う。主役はテレンス・スタンプが演じる神経症の芸術家である。この男は行く先々で「マリをつく少女」の幻覚を見て、それに悩まされる。いつもマリをついているのだが、この子がゆっくりと顔を上げるとその顔は「老婆」のようなのだ。映画は最後に少女がテレンス・スタンプの生首をマリのかわりについているところで終わる。

つまり、「子供の体に老婆の顔」、あるいは「子供の心に大人の肉体」、こういうアンビバレンツがひき起こす恐怖はひとつのテリトリーを成しているようだ。

二代目はつらい

『ヘルレイザー2』を見てきて、少しだけガッカリしている。だいたい二作目が一作目と同じ水準かそれ以上のものを持っているというケースは非常に少ない。僕の知る限りでは『エクソシスト2』『エイリアン2』『インディ・ジョーンズ　魔宮の伝説』、くらいのものではないだろうか。製作者が同じ人間であるにもかかわらず、一作目を乗り越えられない事情は、同じく物を創っている僕にはよくわかる。まず、受け手の側に過剰な期待感がある。不利な土俵なのである。そういう状況では百のものを作っても七、八十くらいにしか感じてもらえない。百二十の力を出さない限り〝一作目の方が面白かった〟となってしまう。そういう不利な土俵に立たされた場合、製作者は死力をふりしぼってアイデアを出すのだが、練り込んでいくうちに考えが袋小

路にはいってしまう。〝これでほんとにいいんだろうか〟と煮詰めていくうちに、わけがわからなくなってくるのだ。『死霊のはらわたII』『ポルターガイストII』『エルム街の悪夢2』、そしてこの『ヘルレイザー2』、どれもそこそこ面白いのに印象がゴチャゴチャしているのはそのせいである。『死霊のはらわたII』にいたっては、主人公が最後にタイムスリップして太古の異世界でヒーローになってしまったりするのである。悩みに悩んだであろうサム・ライミのあがきが見えて、見ている方もつらくなるほどだ。

ところで「ヘルレイザー」のシリーズにはいつも四人の「魔道士」というのが登場する。このキャラクターが非常に面白いのだが、一人は顔中に何百本と針を突きさした男。僕はこの人を勝手に「ツンツンおじさん」と呼んでいる。ほかには、目も鼻もなくて、いつも口の歯をガチガチといわせている「ポリデントくん」、百貫デブでサングラスをいつもかけている「ニクマルさん」、ほっぺたから輪っかを通して、切開したノドを固定している「おひらきさん」。以上の仲良し四人組が「魔道士」なのである。苦痛を何よりの快楽と考える地獄の使者で、要するにサディズムとマゾヒズムがアウフヘーベンされたような怪人たちだ。これが、今回はもっとえげつないニューフェイスの魔道士「タコの吸い出しくん」が現われて、四人ともこいつと闘って負けてしまうのだ。倒された魔道士たちは元の姿にもどってしまうのだが、「ツンツンおじさん」は元軍人、「ポリデントくん」はパンク少年、「おひらきさん」は何と女の人であったことが露見してしまったりする。こういうことをされるとガッカリしてしまうのだが、ここが二作目のつらいところである。もっと強い者やもっと恐い者を出さねばならない。この「もっと」を証明するためには、前作のモンスターを打ち負かせてみせるしかない。だがそれをやられると、「ツンツンおじさん」が大好きだった僕などは悲しくなって、二作目にシンパシィを抱けなくなってしまうのである。

しかし、この映画が駄作だというのでは決してない。「Ⅱ」のほうを初めて見る人はひっくり返るほど面白いかもしれない。ことにこの「Ⅱ」に出てくる「地獄」の描写。行けども行けども続く薄暗い回廊と無人の部屋々々。やっと最上階までたどり着くと、視野の果てまで続く石造建築物の屋上が、ちょうどＩＣの表面を顕微鏡で見たような迷路をなして果てしなく続いている。血のような空。そしてこの石造物はいったい何百階建てなのか見当もつかないが、はるかに下のほうまで、ずっと回廊や部屋々々が続いている。ほとんどの部屋は無人で淋しいところなのだが、ときおり何か得体の知れない怪物がうごめいているときもある。これほど我々の見る「悪夢」に近い地獄は今までそう描かれたことはない。強いていえば、ジャン・コクトーの『オルフェ』に出てくる、鏡の向こうの淋しい冥界くらいだろうか。

この作者のクライブ・バーカーという人は、本職は小説家だが、非常に奇抜なイマージュを創り出す才能のある人だ。たとえば、彼の短編に、村と村が年に一度戦争をする、という話がある。どうやって闘うかというと、村の千人くらいの人間が合体して、一人の「大巨人」を作るのである。大巨人の「目」になる奴とか「足」になる奴とか、代々役割が決まっているのだ。この巨人同士の闘いには笑ってしまったが、バーカー本人はジョン・レノンを好きな三十代半ばの好青年らしい。「血の本」シリーズ、というのが文庫で出ているから一度読んでみられるといい。

天井の上と下

さて今回はこわぁい実話をふたつ。毎回ホラーのあれこれについて書いているが、怪物が出てきて最後にはやっつけられてくれるホラー映画や小説などは、現実のこわさに比べると非常にタチがいいといえる。単純明快で実にサッパリしている。僕がホラー好きなのは、それが現実の救いのなさやドロドロした人間性を引きずっていないからでもある。

知人が結婚して貸マンションに住むことになった。楽しい新婚生活が始まったのだが、そのうちにその楽しさに水をさす人間が出てきた。一階下の、ちょうど真下に住んでいるおばさんである。奥さんが掃除機などをかけていると、そこをめがけて下からほうきで天井を突いてくるのだ。アパート住まいなどをしていて夜中に大きな音を

たてたりすると、こういうやり方で注意をされることはよくある。しかし、そのおばさんの場合はそういう尋常な範囲をはるかに越えていた。奥さんや夫が別に大きな音をたてるわけではなくて、ただ歩いているだけで、下から突いてくるのだ。それも、たとえば食卓から台所の流しまで歩いていくとすると、その歩く足元の一歩一歩をまるで見えているかのようにコンコンコンコンと突いてくる。三ヵ月ほども我慢していたのだが、ついにたまりかねた夫がマンションの管理人のところへ相談にいった。

「うちの真下に住んでる人なんですけどねえ、ちょっとおかしいんじゃないですか?」

「ええ、もちろん。おかしいですよ」

夫は言葉を失った。

「今までの人は一週間も持たずに出ていったんですが、おたくは三ヵ月も持ってるから大丈夫かと思ってましたが……」

たまらない話だが、まあ買ったマンションでなかったのが幸いだろう。

ところで次の話も実話だが、また聞きのまた聞きなので細部はちがっているかもしれない。漫画家の川崎ゆきおさんが僕の知人に電話で話してくれた話だが、あまりに薄気味悪い話なので、知人は自分一人で抱えてるのがこわくなり、人にしゃべりまくっているのである。僕もこの恐さを薄めるために、読者に分散することにずる。

川崎ゆきおさんは「ガロ」でデビューして「猟奇王」などの作品が有名だが、メジャー路線の人ではないので収入は多くない。そこで漫画を書くかたわら、自分の住むアパートの管理人もしている。そのアパートに一人、自閉症気味の男の人が住んでいた。この人がある日、手ちがいでトイレの水をあふれさせてしまい、あふれた水は下の部屋にしたたり落ちてしまった。下に住んでいたおばさんはカンカンに怒って、その人に厳しく注意をした。それ以来、男の人は自室のトイレを使わず、公園のトイレなどで用を足すようになった。もともと自閉気味だったその人は、そのうちにあまり外にも出なくなった。ところがある日、男の部屋から深夜にドシーンドシーンという大きな音が聞こえてくるので、下のおばさんはまた怒って文句を言いに行った。ドアをノックしたが誰も出てこない。それ以来、おばさんは上の部屋の男に注意を払っていたが、まったく男の姿を見かけない。ただ部屋にいるらしい証拠には、電気のメーターなどの計器類が動いている。それからしばらくして、また夜中にドシンドシンと音がした。おばさんはまた上にあがってドアをノックしたが、中はヒッソリとして誰も出てこない。あんまり様子がおかしいので、それから何日かして、管理人である川崎さんはその男のお母さんを呼んできて、立ち会いのもとに男の部屋の鍵をあけた。

男は首を吊って死んでいた。すぐに警察を呼んだが、その男の母親は後で警官にこう尋ねたという。

「息子はストッキングをかぶって死んでいたのですか？」

銀行強盗がストッキングをかぶって顔をわからなくするように、男の顔は溶け崩れてボヤけたようになっていたのだ。死後二ヵ月ほどたっていた。では夜中のあの音、動いていた電気、ガスのメーターなどはいったい何だったのだろうか。

マンションやアパート住まいは気楽でいいけれど、こういうこわい目にあうことも覚悟した上で借りましょう、という話でした。

追ってくるもの

あなたは、何かに追っかけられたことがあるだろうか。僕は何度もある。何かに追っかけられるというのは人間の原初的な恐怖の中では大きな位置をしめるものだ。その証拠に僕が幼児期にくりかえし見た悪夢は、「かかしに追っかけられる夢」だった。そのほかに包丁を持ってケタケタ笑っている狂人に追っかけられて僕一人が逃げ遅れる夢もよく見た。大きくなっていくにしたがって、僕は自分が人より鈍足であることに気づき始めた。これが追っかけられる恐怖に拍車をかけた。おそらくベン・ジョンソンはこの手の恐怖を知らないのではないだろうか。足が遅いにもかかわらず、僕はよく悪さをする少年だったのでいろんな所でよく追っかけられた。ロックコンサートでバンドを野次りたおして「内田裕也」に追っかけられたこともある。某市立体

育館では「アブドラ・ザ・ブッチャー」に追っかけられて必死で逃げた。まあ、こんなのは恐いと言っても追われる理由に納得がいくからいい。内田裕也はコンサートを妨害されたから怒って追ってくるのであり、アブドラ・ザ・ブッチャーは観客を追っかけるのが彼なりのサービスだからそうするのである。一番恐いのは、追っかけられるのにこうした理由がない場合だ。これは僕の友人の話だが、彼がある日、神戸の地下街を歩いていると、突っ張り暴走族の少年が階段の踊り場で逆立ちをしているのに出会った。どうしてそんなところで逆立ちをしていたのかはよくわからないのだが、たまたま彼はその突っ張りと目が合ってしまったのである。目が合うなりその突っ張りは自分のまわりにいた仲間にむかって逆立ちをしたまま号令をかけた。

「そいつだ。とっつかまえろ!」

少年たちはそれを聞くなり彼のほうへ突進してきた。驚いた彼は走って逃げたのだが、暴走族たちはどこまでも追ってくる。そのうちにだんだんと仲間が増えてきて、それが何組かに分かれて追ってくるのだろう、角ごとにあっちからもこっちからも追っかけてくる。彼は必死の思いで街中を逃げまわるはめになった。つかまったら半殺しにされそうだからである。しかし逃げながらも彼は、自分が何のためにこんなに追っかけられねばならないのか、さっぱりわからなかったそうだ。結局神戸の地理にくわしい彼は逃げのびることができたのだが、いまでも神戸を歩いていると、誰かが逆立ちをしてるんじゃないか、と恐怖を覚えるという。

この手の不条理な恐怖を描いた名作はいくつかある。筒井康隆の『走る取的』などはその代表傑作だろう。この短編の場合、追っかけてくるのはお相撲さんである。行きつけのバーにいくと、見知らぬ関取りが酒を飲んでいた。その関取りとたまたま目が合ってしまっただけなのだが、それからずっと追いかけてくるのである。相撲取りというのはご承知のように超人的な体力を持っている。どんなに空手の達人を自負する人でも、ヤクザでも、相撲取りだけにはケンカを売らない。張り手一発で普通の人間なら死んでしまうほど強いのだ。それがなぜか怒って追っかけてくるのである。しかもこの関取りは巨体のくせに走るのがめっぽう速いのである。小説の大半はこの関取りに追われて逃げまくる描写で埋められているが、これはなかなかに恐い。おそらくこの話のきっかけになったのは、映画『激突！』だろう。スティーブン・キングの原作でスピルバーグのデビュー作だが、追ってくるのは巨大なタンクローリー車である。ハイウェイで一度追い越しただけなのだが、それ以来主人公の車は執拗な追跡を受けることになる。タンクローリーの運転手の姿は最後まで見えず、運転席の窓から突き出た太い腕が見えるだけである。

夢枕獏の短編にもこれと似た味わいの恐怖小説がある。ある病院の前の道路で、ジョギング中の人間が何人も原因不明の怪死をとげる。恐怖による心臓発作らしい。主人公の刑事がおとり捜査のためにその地点をジョギングしてみて、真相をつきとめる。怪物が追ってくるのである。この怪物は、体はたくましい青年の体なのだが、顔だけは幼児なのだ。近くの病院に入院している青年の妄念の産んだ怪物である。これも実に恐い。

僕もさすがに最近は何かに追っかけられるようなことはなくなった。せいぜい締め切りに追われるくらいである。どうせなら若い女の子に追っかけられてみたいものだ。

エスパーもラクではない

「超能力あばき」で有名なジェイムス・ランディというおじさんがこの前来日した。このおじさんはプロの奇術師なのだが、いままでに数々の超能力者の「奇術的トリック」をあばいているそうだ。僕は「デイズ・ジャパン」のグラビアでこの人のタネあかしを何種類か見た。ミスター・マリックがよくやる、タバコをコインに貫通させる手品は、コインのほうにそういう細工がしてある。スプーン曲げは事前に折られる寸前にまで金属疲労させたスプーンを使う。念動力でタバコを動かす実験では、手元に視線を集中させておいて、その実は口で「吹いて」いるのである。ジェイムス・ランディはこの種のトリックで自分の弟子たちを各大学の超能力研究所に送り込み、学者たちをまんまとだまして「本物」のおすみつきをもらった、と学者たちの目のフシ穴

ぶりを嘲笑している。彼は、もし自分を納得させる本物の超能力者がいたら十万ドルを進呈する、と広言している。これに対して日本のスーパー・エスパーである清田君は憤然として挑戦を受けてもいい、と答えている（ただし心気の乱れを防ぐために、ランディが同じ部屋の中にいない、というのが条件だそうだ。これはあげ足をとられやすい発言だと思う）。

ところで、このジェイムス・ランディを筆頭とする超能力トリック派に対しては、もちろん多数の超能力信奉者が反対のノロシをあげている。たとえば最近読んでいた「サイキック」（コリン・ウィルソン著・三笠書房）の中でたまたまジェイムス・ランディのことにふれた部分があったので紹介しておく。筆者のコリン・ウィルソンは一九七〇年代のなかばに、ユリ・ゲラーの研究に没頭していた。ユリ・ゲラーはジェイムス・ランディの主な攻撃目標にされた超能力者である。コリン・ウィルソンはこのユリ・ゲラーに「もっともすぐれた奇術師ですらトリックが使えないと認めた状況においてI、自分の描いた絵をテレパシーで模写してもらったことがある。後にコリン・ウィルソンはジェイムス・ランディといっしょに食事をしたときに、これと同じことがあなたにいまできるか、とたずねた。ランディはその試みを拒絶した。「それは準備がいるから」というのが拒否の理由だった。

この事実を前にして、だから超能力は存在する、いや、やはりランディが正しい、といった判断をくだすことはできない。ただ客観的に見ていって、僕にはどうもランディのほうが分が悪いように思えるのだ。ランディが証明してみせるのは、

「超常現象は奇術でも起こせる」

ということ以上でも以下でもない。それもごく限られた範囲内でのことである。事実関係をあげていけば、たとえばソヴィエトのP・K（念動力）の実験などでは超能力者と動かす物体はガラスでさえぎられている。息を吹きかけることも膝で机を持ち上げて傾斜を作って転がすこともできない。むしろそうした厳しい状況のほうがこの種の実験では当たり前のことであるはずだ。

しかし、片一方で事実をややこしくしているのは実は超能力者の側でもある。つまり、「不調」のときに周囲の要望に応えるため、たしかにこうしたトリックを使うケースも多いのだ。これは言いかえれば超能力のあるなしではなくて、我々の側の、超能力は「ぜひ存在してほしい」という願望がそうさせているのだともいえる。コリン・ウィルソンの意見によれば、超能力者の力というのはいわば超絶技巧のバイオリニストなどの在り方によく似ているという。バイオリニストは音楽的な天分だけでは演奏はできない。毎日欠かさず苛酷な練習を続けて、その上で心技体の絶妙なバラン

スのときだけ一二〇%の演奏をすることができる。ところが超能力者にはこうした訓練の意志が欠如している。そのためにできたりできなかったり、あるいは年とともに能力が消失したりしてしまう。つまり、もっと訓練しろ、ということらしい。そう考えると超能力者もこれからはずいぶんつらい「商売」になってきそうだ。

ディメンティアあらわる！

この前、女子プロレスに〝ディメンティア〟という名の怪奇派レスラーが来日していた。僕は彼女の写真を見ていて、そのコンセプトの立て方というのをたいへん面白く思った。怪奇派レスラーというのは男子プロレスにも女子プロレスにも、大昔から存在する。ジャイアント馬場だって、昔、アメリカに行っていたときには「フランケンシュタイン」というキャラクターでリングに上がっていたことがあるそうだ。日本に来たレスラーで極めつけの怪奇レスラーは、力道山の生きていた頃に来日した「ザ・マミー（ミイラ男）」という奴で、全身を包帯でぐるぐる巻きにした、かなり暑苦しい奴だった。

ところで、〝ディメンティア〟はどういうレスラーかというと、これは要するに

『振袖狂女』の外人版みたいなものである。彼女自身は素顔だとモデルタイプのかなりの美女だと思われるが、顔全体を蒼白く塗りたくって、目の下にくまをつくり、ゲッソリとやつれたメイクをしている。着ているのはボロボロに引き裂かれたウェディングドレスのようなものである。彼女はリングにあがるときもいつもぬいぐるみを持っていて、タッグマッチで自分に出番のないときはこのぬいぐるみをヨシヨシして遊んでいる。つまり、発狂して子供の無垢と残忍性の中へ退行してしまった美女、という設定である。フランケンシュタインだの狼男だのというのはすぐに誰でも考えつくけれど、海外のホラー・ヒーローの中で〝ディメンティア〟のようなキャラクターを見つけるのはむずかしい。ある程度文学を読んでいる人がたったひとつ思い当たるとすれば、エドガー・アラン・ポオの一作品である。『アッシャー家の惨劇』というタイトルで映画にもなったが、古い作品なのでご存知の方は少ないだろう。実は僕は生まれて初めてホラー映画を見た、というのがこの『アッシャー家の惨劇』だったのである。これがなんと、ボブ・ホープの喜劇『腰抜け二丁拳銃』と二本立てで公開されていた。親に連れていってもらったのだが、『アッシャー家……』の方はあんまり恐そうなので、子供に見せてはいけないということになった。両親だけが館内にはいって、僕と兄貴の二人はロビーで待たされた。ホラーが終わったら親が呼びにくるから、それまで絶対に場内にはいるな、という取り決めである。僕たちはもちろんのこと、別の入り口からそっと場内に忍び込んだ。この『アッシャー家……』は、後になって原作を読んだけれど、要するに座敷牢に閉じ込められて狂った娘が、恋しい男を求めて牢を抜け出し暴れ回るという話である。僕らが潜入したとき、映画はまさにクライマックスの場面であった。ボロボロのドレスを着て、鎖をジャラリと引きずった女が、炎に包まれた屋敷の中を歩いている。顔や手は血まみれで、ケタケタ笑っている。その狂った娘が、止めようとする自分の肉親や使用人を、ものすごい力で絞め殺していくのである。映画館の中に忍び込んだ幼い僕と兄貴は、そのあまりの恐ろしさに膝がカクカクふるえて、最後にはとうとう泣き出しそうになってしまった。たぶん、これがドラキュラだのミイラ男だの、そういうガサツなものがホラー・ヒーローであればこれほど恐くなかったと思う。一見美しい女の人がカッと目を見開いて、血まみれの顔でケタケタ笑いながら迫ってくる。やはりこのシチュエイションというのは、今考えてもホラーの中では一番恐ろしい設定のひとつである。

〝ディメンティア〟を見ていて、そういう遠い記憶を呼び起こされてしまったが、この子はなかなかいいところを突いていると思う。事実、こわいやら面白いやら可愛いやらで、急激に人気が出つつあるようだ。日本の女子レスラーも、ちっとはポオや乱歩を読んで新しいホラー・キャラクターに挑戦すればいいのに。

石の中のカエル

僕は広告の仕事を本業にしているが、この世界ではよくアンケートをとる。たとえば「女の子が好きな風景ベスト3」みたいな調査をする。調査費は払ってくれないので自己負担になるが、なぜそういうことをするかというと、スポンサーを説得するのに役に立つからだ。

「ほら、この仔犬ね。これが女の子十五歳から十八歳までの統計の中では、ここ十五年、ベスト3にはいってます。このワンちゃんを絡ませるタレントですが、ほら昨年十八位だったのが今年は六位に上昇してきてる」

こうやって、数字やリサーチをもとにしてスポンサーに〝うん〟と言わせるわけだ。ところが、こういう調査とまったく正反対のリサーチをしている業界がある。ホ

ラー業界である。女の子がどういう動物が一番嫌いか、嫌いだとしたらそれのどういうところが嫌いか。そういう、かなり大がかりな調査がなされているはずだ。たとえば「エイリアン」を見るとそれがよくわかる。あの生物はクモとカニの合体のような幼生から何段階にも分けて脱皮変態を繰り返して巨大化していく。そのどの段階でも一部分しか観客には見せないが、それぞれの段階の形態というのが、およそ人間が嫌悪感を覚える生物の、中でも特におぞましいところを集大成したようなところがある。たとえば、乗員の腹を喰い破って出てくるあの「第二変態」みたいなやつ。あれには口はあるが目はない。あれに目があればあんなに気味悪くはないはずだ。我々はあれを見てとっさに、ゴカイやミミズなどの目のない長虫の無気味さを生理で感じ取ってしまうのだろう。だからエイリアンの各段階のキャラクター設定には生物の体系の中から、気味の悪いもののピックアップをし、それらに対するリサーチが入念に行なわれているにちがいない。少なくとも、「鳥」という映画が当たったから「虫」という映画を作りました、みたいな、安易な発想でないことはたしかだ。しかし、気味の悪い動物といったって、まあたいていの軟体動物だのグニョグニョベチャベチャしたものは、もうほとんど出つくしているのではないだろうか。タコもイカもミミズもワニもヘビも、もうみんなとっくの昔に使われている。この前、ルチオ・フルチの

『怒霊界エニグマ』という映画を見ていたら、苦肉の策で、大量の「エスカルゴ」が女の子を襲う、というシーンがあった。ガーリックバターで食べたら食べ出があるだろうな、とか、後でスタッフや出演者で食べたんだろうな、とは考えたが、恐いことは何もなかった（そう言えば、今、話題の『ギニー・ピッグ』を見たときも、バケツ一杯の内臓が出てくるので、〝こいつら今晩、ホルモン焼きだな〟と思ったのを思い出した）。

ところで、カエルやヘビやトカゲなどの生物に我々が嫌悪感を抱くのはなぜだろうか。あまりにも生命としての体系がかけ離れているためだ、という人もいるし、恐竜期の恐怖の潜在的記憶だという人もいる。そういう理屈よりもやはり見た感じの〝何を考えてるかわからない〟〝何やらかすかわからない〟というところだろう。実際、カエルだのイモリだのはとんでもないことをやらかすのである。何百年もたった石の塊の中から「生きたカエル」が出てくる、という事例はほんとうに数えればきりがないほど多くあるのだ。たとえば一八一八年二月、ケンブリッジ大学の高名な地質学者E・D・クラーク博士が化石を採掘していた。白亜の断層を七十五メートル掘り下げたところで白亜の中から三匹のイモリが出てきた。驚いて日なたに並べると、そいつは動き出したのである。二匹は後で死に、一匹は逃げてしまったが、調べるとそのイモリはその地方に現在いる、どんなイモリともちがっていた。こうした事例があまりにも多いので、フランスのスゲンという人が実験をしてみた。焼き石膏の塊の中に二十四のカエルを閉じ込めたのである。それまでの実験で、一年間生きていた、という例はあった。このスゲンは根気のある人で、何と十二年も待ったのだ。十二年後にその石膏を砕いてみると、二十四のうち四匹がまだ生きていた。泥が密着していわば真空パックのようになって仮死している、という状態のカエルは、どうやら際限なく生きていられるらしいのだ。同じ状態下で一八五六年、フランスのサン・ディジェで、地下鉄工事の最中に生きた「翼竜」が発見された。どうです。は虫類ってやっぱりこわいでしょ。

心霊写真の謎

「これは去年の夏に旅行した先の甲府のぶどう園で撮った写真ですが、右側の友人の後ろに何かうつっているような気がするので鑑定をお願いします。という京都市に住む女子高生からの手紙なのですが、先生ひとつお願いします」

「ふむ、どれどれ。この写真か。おお、こりゃまた一目瞭然。はっきりとうつってますな」

「何がうつっているんでしょうか」

「これ、この後ろのとこにぶらさがっておるだろう。これが霊体じゃ」

「はあ……」

「ぶどうの霊だな。おそらくはこの地で亡くなったぶどうの地縛霊でしょうな」

たしか 食卓の上の いろんな物と並んで すわってた

「はあ。……先生、それはひょっとして、ぶどうなのでは……」

「そうだ。ぶどうの霊だ」

「はあ……」

というようないい加減な先生がいてみんなが困る、というコントを前に書いたことがある。ところがその後、内田春菊さんと話をしていると、人間の霊というのはほんとうにぶどうのような形をしているのだ、という話を聞いた。内田さんが企画もののレポーター役で、ある霊媒の女性を取材したところ、そう言われたのだそうだ。人間の霊はぶどうの房のような形をしていて、その先端が体の中心へ喰い込んでいるのだそうだ。

ところで僕は雑誌などに出ている心霊写真の類をあまり信用していない。加納典明さんも同じ意見だが、プロのカメラマンがあれだけたくさんいて、一人一人がそれぞれ何万点という写真を撮っているのに、その中に心霊写真の類がただの一例もないのは、確率的に考えておかしい。生半可な技術の素人の側にばかりそうした例があるのは、カメラの扱いや機器そのものに原因があるか、あるいは故意による露光ミスや二重焼きのトリックだと考えるしかない、と言うのだ。それは一理ある。

かたや心理学の専門家から見ると、こういうことが言える。人間の目というのはカメラのようなものである。ただ視界に映ったその映像というのは光と影と色の混合でしかないからそのままでは抽象画と同じで意味をなさない。そこで脳という驚異的コンピュータが過去の記憶や類推や、あらゆるデータをもとにその画像を分析するわけだ。これは机、これは猫、といった判断は全て脳が行なう。その際に、画像の中から人の顔なら顔を判別するには「点が三つ」あれば最低限ヒトの顔だと認識できる。点が三つあればそれらを両目、口と見なせるわけだ。だからいわゆる心霊写真もこの論理で、絵の中から三つの点をひろい出せさえすれば人間の顔は壁の上にでも葉っぱの中にでも容易に見いだせるのだという。これも一理ある。心霊写真の多くがそういうものを含んでいることは否定できないだろう。しかし、僕にはそうした説明で納得のいかない体験がふたつあるのだ。まだ学生の頃、よく出入りしていた喫茶店のマスターが、旅行先で撮った写真を、

「これ、どう思う？」

といって見せてくれた。見ると細長い、かなり大きな滝の近くでマスターがポーズをとっている。別にどうということのない写真だ。これがどうしたのか、というとマスターは気味悪そうに、

「それ、逆さにしてごらん」

と言った。逆さにしてみて驚いた。流れ落ちる滝と水しぶきが、逆さにすると、実にくっきりとした、鎧《よろい》武者の姿になったのだ。しかも兜《かぶと》の下の顔はドクロだった。偶然の作用で滝の流れにそういう形ができ、しかもその一瞬をカメラがとらえるというのは確率的に不可能だと思う。

そしてもう一枚の写真は、これはほんとうに説明のしようがない。友人の妹が何気なく自分の家の食卓を撮ったスナップなのだが、食卓の上に豆つぶほどの大きさの「お姫さま」がうつっているのだ。ヒナ人形のような、きれいな和服を着たお姫さまでハッキリとうつっていた。もちろん人形なんかではない。いったい何だったのか、今でもよくわからないのだ。

インカの神さまの逆襲

恐怖ものにはいろんなジャンルがあるが、その中で「悪魔主義」とか「黒ミサ」などをあつかったものは、日本人にはあまり恐くない。宗教的な背景がないのでピンとこないのである。悪魔なんかより「仏さまのバチ」だの「コックリさんのたたり」だののほうがよっぽどこわい。『ローズマリーの赤ちゃん』『エクソシスト』『オーメン』など、悪魔ものには秀作が多いのに、外人が味わっている根源的な恐怖が味わえないというのはホラー・ファンにとってはくやしいことだ。かといって今からキリスト教に改宗して「ペドロ中島」なんて名前に変える気にもならない。

悪魔ものには一種のお決まりのパターンがあって、たとえばあのピーター・フォンダが主演した『悪魔の追跡』などがその典型だろう。主人公が何かの拍子で黒ミサの

集会を目撃してしまう。見られたことに気づいた悪魔主義者に命をねらわれるのだが、警察に頼んでも誰も信用してくれない。一人で闘うしかない、というのがお決まりのパターンである。日本人の我々は〝そんなバカなことが現実にあるものか〟という、ある種の安心感を持っているからあまり恐くない。しかし、現実に欧米には悪魔主義者の団体がウヨウヨいるのである。自分の隣人が黒魔術に溺《おぼ》れた人でないという保証はどこにもない。だから恐いのだ。そしてときには映画なんかをはるかに超えて奇怪な事件が起こることも現実にはある。一九六三年にメキシコで起こった殺人事件をひとつ紹介しよう。ところはメキシコのジェルバ・ブエナという僻地の農村である。ここでサントスとカエタノという二人の兄弟があやしげな宗教を始めた。村人たちの守り神であるインカの神々に供え物をすれば、宝物がさずかる、というかなり即物的な宗教である。「供え物」にさし出すのは、お金、および自分の肉体である。二人の兄弟のうち、カエタノはホモでサントスはヘテロセクシャルだった。素朴な村の人たちはコロリとだまされて、お金と自分たちの肉体を提供したのである。兄弟は「お清め」と称して、せっせと村の女性、青年、少年を犯した。もちろんいつまでたっても「宝物」がさずかる気配はない。村人たちの間に段々と不満がつのり始めた。これに対して兄弟は、もう少し我慢すれば、もうすぐインカの神々のうちの二人の神がご降臨になる、とデタラメを言ってその場を逃れた。ここからがすごいのだが、この兄弟は、ほんとうに二人のインカの神を呼び寄せてしまったのである。もちろん本物ではない。悪仲間である友人のソリス兄妹というのを呼び寄せて、一芝居うってもらうことにしたのだ。この兄妹、妹のマグダレーナは売春婦で、兄のエリーザは妹のマネージャー、つまりポン引きをやっていた。四人は当日の舞台である洞窟の中にいろいろな仕掛けをこらした。劇的演出効果を高めるためである。村人を集めてミサが行なわれ、ボンとたちのぼった煙の中から男神と女神に扮装したソリス兄妹が出現した。村人たちは手もなくだまされてしまった。しかし、中にはいつまでたっても宝物の配給がないので疑い出す者もいた。これに対して、マグダレーナは、宝物が与えられないのは村人の中に不信心者がいるからだ。神はそうした不信心者の血をいけにえに望んでいる、と告げた。村の中で「不信心者狩り」が行なわれ、八人の村人が殺された。人々は儀式の場で、これらの犠牲者の血をニワトリの血と混ぜて呑まされた。

　ところで、この女神役のマグダレーナはレスビアンだった。兄のエリーザはホモである。同じホモであるカエタノとエリーザはすぐくっついたのだが、ストレートのサントスとレズのマグダレーナは、村一番の美女であるセリーナという少女をめぐって争うことになった。セリーナは結局サントスを選び、それに怒ったマグダレーナは、儀式のいけにえにこの少女を選び、祭壇の上で虐殺してしまった。この様子をたまたま覗き見してしまったゲレーロという十四歳の少年がいた。少年はすぐに警察に通報した。警察はなかなか信用してくれなかったが、一人、ルイスという警官が少年を信じて、現場を見に行くことにした。これが映画なら主人公はこの二人である。ところが現実の中のこの二人はいつまでたっても帰ってこなかった。不審に思った警察は、村へパトロール隊を急行させた。そこでパトロール隊は二人の死体を見つけた。少年は切り刻まれ、ルイス巡査は心臓を体の外につかみ出されていた。パトロール隊は例の洞窟を包囲し、そこで銃撃戦が始まった。サントスは射殺された。弟のカエタノはこのときすでに「仲間割れ」で殺されていた。マグダレーナとエリーザは麻薬で眠っているところを逮捕された。この事件、なまじの映画など吹っとぶ怪奇さだ。やはり一番こわいのは現実である。

オレンジの目

『まんじゅうこわい』という落語はご存知だろう。長屋の人たちが集まって、自分は何が一番恐いか、という話をする。ある男が、自分はこの世の中で「まんじゅう」ほど恐いものはないと言う。じゃ、恐がらせてやれ、というので、悪い奴がその男の家にまんじゅうをどっさり投げ込む。男は待ってましたとばかりにまんじゅうをパクパク食べ、

「今度は渋いお茶が恐い」

というのがオチ。この落語でも、〝私はクモが恐い〟とか〝いや、やっぱり蛇だ〟とか、いろいろ人によって恐いものが異なるのだけれど、そういう違いというのはたしかにある。同じホラーものを見ていても恐がる部分が違ったりする。たとえば僕の

知人のある人は、「土の中から出てくる」ものを異常に恐がる。だからゾンビ映画なんかをいっしょに見ると悲鳴のあげっ放しになる。この人が一番大声で悲鳴をあげたのは『キャリー』のラスト部分で、死んだはずのキャリーの腕が墓の中からボコッと出て主人公の足をつかむところだった。一件落着した後の平和なラストで化物がもう一度出てくるというのは、ホラーの常とう手段だ。たとえば『十三日の金曜日』のⅡだったかⅢだったか。ラストで闘いの終わったヒロインがボートの上でホッとして休んでいると、水の中からジェイソン君が襲いかかってくる。誰でもギョッとするシーンだが、この知人はあまり恐がらなかった。「土」の中から出てくるのではないので、あんまり恐くなかったらしい。

また別の知人は「鳥の死骸」を異常に恐がる。ヒッチコックの『鳥』だとか、『何がジェーンに起こったか?』など、鳥の死骸の出てくる映画はこの人には耐えられないらしい。これにはハッキリした理由がある。この人は小さい頃に小鳥を飼って可愛がっていた。ある日、カゴから出して手にのせて可愛がっているうちに、この人はソファで居眠りをしてしまった。目が覚めると小鳥の姿がない。小鳥は自分のお尻の下でつぶれていた。寝返りをうった拍子に踏みつぶしてしまったのである。このときのショックで、以来鳥の死骸に激しい拒否反応を示すようになってしまったのだ。こういう幼児体験によって、人それぞれ恐がる対象が違ってくるのだろう。蛇やトカゲを恐がる人は多いが、これなどは人類が巨大なは虫類に脅えて暮らしていた頃の、太古の共同記憶が恐怖を感じさせるのではないか、とも言われている。

ところで、「ではお前は何が恐い」と言われると困ってしまうのだが、どちらかというと僕は「恐いもの知らず」の方である。だから「ホラー映画を大笑いしながら日に二本見る」という変な趣味ができてしまったのかもしれない。怪物にせよ妖怪にせよ、物質的なものであまり恐いものというのはない。強いて言えばやはり「幽霊」だということになる。小さい頃、たまたまつけたテレビで「幽霊もの」をやっていて、ただただ手で顔を押さえて泣いているところを母親に発見されたことがある。テレビを消せばいいのだけれど、あんまり恐くてテレビに近づけなかったのである。だから今でもよくできた幽霊ものだとやはり恐い。映画よりもむしろ山岸涼子さんやささやななえさんの漫画の幽霊もののほうが恐い。ただ、僕は実際に幽霊らしきものを二回見たけれど、現実に体験したときにはまったく恐くはなかった。

他には、「自分の肉親が何物かに変わっていく」、というパターンがけっこう恐い。楳図かずおさんの「ママ」シリーズなんかも、あれが小説だったらずいぶん恐いだろうと思う。このパターンに弱いのは、やはり幼児期に見た夢のせいだと思う。その夢の中では、僕を可愛がってくれていた伯母が、何か別のものになっているのだった。添い寝してくれている伯母さんの目が「オレンジ色」で黒目がないのである。この夢の恐さは今でもはっきり覚えている。ただし、現実の世の中には「オレンジ色の目」をした女の人というのはあまりいそうもないので、今のところ僕の「恐いもの知らず」は、ほぼ負け知らずの状態を保っているのである。

ボタン押し人間は幸せか

一九九一年という年は何かしら僕らを興奮させるものを持っている。あとたったの十年でついに二十一世紀がくるのだという感慨や、その二年前の問題の年、一九九九年に何が起こるのだろうという不安。コンピュータの加速度のついた進化が、十年後にどういう世界を作り出しているのか、といった興味。そうしたものがごちゃ混ぜになって僕たちを軽い興奮に導くのだろう。中でも僕が興味を抱いているのは、大脳生理学の進化である。人間の脳というのはそれ自体が広大な宇宙のような謎のかたまりであって、大脳生理学が発達すればするほど「何もわからない」ことがわかるといった世界だ。空間にたとえるならば、脳という広大な宇宙に対して、我々はやっと月に着陸した、くらいの段階にいる。コンピュータの進化も究極的に目指すのは人間のシステムである。類推し、判断し、空想するというファジーな機能を持つコンピュータと現在のそれには、越えようのないほどの開きがある。

人間の脳の解明は、科学だけでなく、我々の文化そのものを根本的に変えてしまうだろう。たとえば「脳内麻薬物質」というものひとつを取って考えてみてもそうなのだ。脳内麻薬は現在でも二十種が確認されているが、将来的にはケタちがいの数のそれが発見されるだろう。最初にこれが発見されたのは一九七五年である。イギリスの麻薬研究グループが、奇妙なことに気づいた。モルヒネを検出する試験に、ブタの脳のエキスが反応を示すのである。精密な検査によって、ブタの脳のエキスからエンケファリンという麻薬物質が発見された。鎮痛、快感作用を生体にもたらす。同様に人間の脳の中からもβエンドルフィンという物質が見つけられた。モルヒネによく似た物質だが、モルヒネの六・五倍もの鎮痛・快感作用を持っている。そしてそれ以降、次々と新しい脳内麻薬が発見されていった。つまり、人間の感じる快感というのは、人間の脳が自らの中で作り出した麻薬物質によるものだったのである。よく例に出されるのは「ランナーズ・ハイ」の状態だ。ジョギングを続けていると、非常にうっとりとした状態になってくる。この快感は脳内麻薬がもたらすものなのだ。ディスコで踊っているうちに恍惚としてくるのも、阿波踊りやリオのカーニバルで感じる快感も、すべてこのエンドルフィンが脳内のA10神経という神経を刺激することによって起こる。ヨガの行者や修験者が覚える宗教的恍惚も同じ理屈による。つらい単純な運動というものによって受ける肉体的苦痛を麻痺させるために、脳はこういう快感物質を分泌するわけである。そういうことがわかってくると、ここに奇妙なことが起こってくる。たとえば、ヘロインをうっている麻薬患者というものは悪の象徴のように言われてきた。これに対して、禁欲生活と苦行によって宗教的至高体験にまで到達した人は聖人としてうやまわれる。ところが大脳生理学から見れば、両者の脳内で起こっているのは同じ現象なのだ。麻薬物質が快感中枢を刺激することによって起こる恍惚感である。違いといえばそれが人体内部で生産された麻薬であるか、外部から摂取された麻薬であるか、ということだけである。すると従来のモラルから考えるとややこしいことになってくる。従来のモラルでいくと、ヘロインというものは「悪」である。しかし化学物質として見た場合、よく似た分子構造を持っているエンドルフィンは「善」で、モルヒネやヘロインは「悪」だと決めつけるのは論理的に考えるとナンセンスである。ならば、体外から「不自然」な麻薬物質を摂取するその行為自体が「悪」だと定義するしかない。物質それ自体には善も悪もないからだ。しかし、快感をもたらす物質をとる行為が悪であるとすると、コーヒーもタバコもお酒もチョコレートもみんな悪であるとしなければならない。人間というのはそもそも快楽原則にのっとって生きている。働くのも遊ぶのも食べるのも眠るのも、結果的にそこから生じる快楽を目的として行動している。その快楽原則そのものを根本から否定して、禁欲を至上のものと定義したとしよう。その禁欲が生じる満足感というのは「快楽」であり、その快感をもたらしているのは脳内麻薬なのである。これは永遠の堂々めぐりだ。どういう過程を経るかはわからないが、結果的には人間は快楽原則を認め、快楽をもたらす物質を、それが生理的に発生するものであれ、化学的に合成されるものであれ、認めざるを得なくなってくるだろう。

この結果、何が起こるかというと、それは「人類の絶滅」である。なぜなら、誰も働かなくなり、誰もセックスしなくなるからである。働くという行為は基本的には労働から生まれるお金で生命を維持していくためのものだ。そこに出世欲や名誉欲や充足感などの「報酬的快感」がからんでいる。しかし、化学的に合成されたさまざまな脳内麻薬の「ブレンド」によって、そうした充足感を脳が味わえるとしたら、不安もなく、満ち足りた喜びだけが味わえるとしたら、誰が働くということをするだろうか。あるいはセックスのエクスタシーが純粋に強烈に、薬によって味わえるとしたら、誰がこのエイズばやりの時代に他人とセックスしたりするだろうか。そうなると国家も経済も一瞬にして破たんし、一代か二代で人口は極限にまで減ってしまうだろう。そんな時代が十年以内にこないとは言えない。現にそうした現象の例というのはあるのだ。アメリカのロバート・ヒースという学者が、脳の中隔部分を自分で刺激するという「自己快感装置」を作った。これをある精神病の患者に使わせてみたところ、彼は一時間に四百回もボタンを押して自己刺激を終日続けた。この患者は話題になって、「幸福なボタン押し人間」と呼ばれていたという。やがてやってくる時代は、人間の種としての維持本能と個体としての快楽志向本能との凄絶なせめぎ合いの時代になる、そんな気がする。

ケニアの呪術医

(一)

ナイロビの市場（ソコ）はやたらにでかい。

ちょっとした体育館くらいの建て物だ。その広いフロア一面が、見渡す限りに青々と輝いている。フロアのほとんどが青果物で埋め尽くされているのだ。

まだ未熟な青いパパイヤ。こいつは細切りにしてサラダにする。メロン。青バナナ。ライム。アボカド。西瓜。

それらの鮮緑の間にマンゴー、パッションフルーツの黄色。リンゴやプラムの赤が和音を添える。

市場《ソコ》の端の方では、主食であるウガリに使うトウモロコシ粉、小麦粉、キャッサバ粉などが小山をなして売られている。

もちろん米（ワリ）も豊富にある。インディカ種でないところを見ると日本からの援助品の古米かもしれない。

アフリカ＝飢餓と連想回路のできてしまっている僕は、ケニアのこの別天地のごとき豊かさにまず瞠目した。もちろんのこと、貧困や失業の問題は後からじんわりと見えてくるのだが、とりあえず入国二日目の僕は、この物資の山の中で立ちくらみを起こしていた。

パパイヤをひとつ買ってぼうっとしていると、後ろから変な日本語が聞こえてきた。

「スイマスカ？　スイマスカ？」

振り返ると、地元の兄《あん》ちゃんが、しきりに「スモーク」のポーズを見せて僕に迫ってくるではないか。

「マヤク、スイマスカ？　マヤク、スイマスカ？」

僕は思わず日本語で、

「スイマセン」

と答えてしまった。百年前の駄ジャレをケニアで言うとは思わなかった。

それにしても、いったいどこのどいつがこんな日本語を教えたんだろうか。

ジョモ・ケニヤッタ空港に降り立ったとき、僕はまだ半信半疑だった。

「ほんとにケニアに着いたのか?」

それほど僕はケニアから「毛嫌いされている」ように感じていたのだった。なにせ、ケニア行きを思い立ってから半年も待たされ続けたのである。

そもそものきっかけは『死と病いの民族誌』(長島信弘著・岩波書店)なる本を読んだことにある。四年前だった。

これは、ウガンダ、ケニアの国境をまたいで両国に分かれ住む「テソ族」の呪術医を研究した、民族学の専門書である。

読んでみると実におもしろい。

なかでも興味をひかれたのは、テソ族の中のイカマリニャン・クランという一族の存在だった。〝クラン〟というのは、父系の血縁でくくられる同族集団のことらしいが、このイカマリニャン・クランは一族全体が「呪術師」で成り立っているのである。

たとえばいま、テソ族の中にAクランとBクランがあるとする。Aクランの若者がBクランの娘を嫁にもらうことになる。この場合、Aクランは、仕度金もしくは結納のようなものとして牛七、八頭をBクランにおさめねばならない。牛七、八頭というのはたいへんな財産である。したがってたまには、嫁はもらったものの、牛を届けないといったけしからん輩《やから》が出てくる。

当然、クラン同士のトラブルになる。

こうしたケースは世界中にあるようだ。たとえばインドではこの手のトラブルで激昂したあげく妻にガソリンをかけて焼き殺してしまう亭主が後を絶たないと聞く。

テソ族の場合、そんなヒステリックな蛮行はない。

嫁をとられっ放しのBクランの人間は、たとえばお礼の牛一頭を牽《ひ》いて、イカマリニャン・クランへ行く。Aクランを呪ってもらうべく依頼に行くのである。

イカマリニャンの呪術師が受諾すると、Aクランに対する呪いの儀式が行なわれる。

それから何年かの間に、Aクランには次々と不幸が訪れる。病死、出産死、変死、家畜の死などである。いずれも、幼児、老人などの弱い者から順に死んでいく。

ここにきて、Aクランの人間は、これは呪いに違いないと気づき始める。そして、不安になったAクランの人間が、同じイカマリニャン・クランに、今度は牛一頭を牽いて訪れる。呪いを解いてもらうためである。

Ａクランは Ｂクランに債務を支払うことを誓い、その上で呪いは解かれる（呪いは各件ごとにヒョータンにつめられて仕分けされていたりする）。

この呪術集団の存在が、僕にはとてもおもしろかった。この一団は、言うなればＡＢ両クランの間のトラブルを弁証法的に昇華する安全弁の役割を果たしている。もしこの集団がなければＡクランＢクランは泥沼の戦争状態にはいるであろう。ましてやその前にはインドの「女房焼殺」のごとき陰惨な幕あき事件を必要とするかもしれない。

それを呪術という「抽象」が解決するのである。

もちろん、ＡＢ両クランにとって、「呪い」は抽象などという生易しいものではない。壮年者に比べて落命しやすい幼児や老人の死も、すべては「呪い」に帰せられる。そもそもテソ族には「人間は本来は死なないものだ」という考え方があるのだ。人が死ぬのは、呪い、神の怒り、死霊のたたり、などのせいなのだ。

ただ、呪詛《じゆそ》の世界の外にある僕にとっては、この「ショックアブソーバー」としての「呪術」はとてもおもしろく感ぜられた。

それだけならよかったのだが、そのうちに僕の頭の中で、小説家としての妖しい想像力が頭をもたげ始めたのである。

呪術はほんとうに文化的機構が生んだ抽象でしかないのだろうか。

呪術医はただ単に呪うだけの存在ではない。

彼等の主な役目は病気を癒し、災いを取り去ることにある。

たとえば、巷ではプラシーボ効果（偽薬効果）なるものが話題になっている。ただのメリケン粉を特効薬だといつわって飲ませる。患者は暗示効果によって自らの自然治癒力を引き出され、ほんとうに病気が治ってしまう。

あるいは、ガン細胞をイメージトレーニングによって減少させる療法などは学際的に論じられ、実践されているではないか。

これらを正《プラス》の呪術とするならば、当然のごとく負《マイナス》のそれがあってもいい。人を病におとし入れ、発狂させ、自殺させる。実効力のある呪いがあってしかるべきではないのか。

「病は気から」の「気」や超心理学、精神病理学や新宗教現象などのボーダーラインをうろうろしているうちに、ある日、ぽこんと話の枠組みが浮かんできた。禁忌を破ったままに帰国した日本人グループを追って、アフリカの呪術集団が東京へ乗り込んでくる、という話である。

このアイデアは三年ほどあったためていたのだが、ついに今年の春から「週刊小説」

で書かせてもらうことに話が決まった。

　書き始める前に、どうしてもアフリカへ行って現地の空気を吸いたい。話がそんな話だから、奇想ののっかる土台はリアリティで固めたい。

　我々日本人は、考証を欠いた外国作品のせいでずいぶん苦い思いをしているではないか。００７で姫路城にニンジャ集団があらわれるなんてのは、いっそ大笑いでよろしい。困るのは、変にリアルな恋愛映画の中で、突然ドラが鳴って、吊り目の日本人「ミスター・ヤカモト」みたいな人物があらわれることである。

「ヤカモト？　坂本の赤マムシなら知ってるけど、ヤカモトとは何者だ。どんな字を書くんだ。いっぺん、ここへ連れてこいっ」

　画面に向かって叫びたいのをぐっとこらえるわけで、しかし日本人だって同じようなご無礼は映画、テレビ、小説でおかしまくっているのだ。

　最低限、ケニアへ行きたい。

　地元の市場へ行き、メシ屋でメシを食い、むこうの立ち呑み屋で一杯飲んでみたい。

　可能なら、辺境の田舎まで行って、実際の呪術医に会って話を聞いてみたい。

　これが僕の望みだった。

小説連載の開始までに、なんとかケニアの空気だけでも吸おうと、代理店と話を進めていたら、いきなり湾岸戦争が始まった。

普通、ケニアへ行くには、日本を発って、パキスタンのカラチかボンベイでトランスファーし、中東上空を通ってナイロビへ着く。

この航路が遮断され、僕はいらいらしながら戦争終結を待った。

なんと、待っているうちにこの小説『ガダラの豚』の連載は始まってしまったのである。

仕方がないので、アフリカから始まる予定だったのを、東京を舞台にして、しんねりむっつりと話は始まった。

そうこうしているうちに小説のテーマは日本の中で広がっていって、ついにはそれだけで本一冊つくれるくらいになってしまった。

「こうなったら、大長編やあっ」

とヤケになって叫んだ頃、中東の戦火はおさまった。

やれ嬉しや、とビザを取り、航空券を買い、一ヵ月かけて黄熱病の予防注射一回、コレラの注射二回。肝炎用のグロブリン注射をうったのは実に出発の前日だった。

と、乗るはずのインド航空が直前になってストライキにはいったのである。

アフリカのことならここにたのむしかないという代理店「道祖神」は、ここで獅子奮迅のねばり腰を見せてくれた。

結局、三転四転する交渉の結果、彼らはケニア行きのお札《ふだ》を手に入れてくれた。ただ、けっこうハードなフライトだったのは事実である。

普通なら「カラチ↓ナイロビ」のところを、僕は「東京↓バンコック（タイ）↓ボンベイ（インド）↓ヒースロー（英国）↓ローマ（イタリア）↓モンバサ（ケニア）↓ナイロビ」という順で乗り継ぎした。後で計算してみたところ、移動時間総合計は成田から六十六時間、飛行機には実質三十八時間乗っていたことになる。

「ケニアがオレを嫌っている」と感じたのもあながち被害妄想とばかりは言いきれまい。ひょっとすると、イカマリニャン・クランの呪術師たちが呪文を誦じて、ややこしい東洋人作家の来訪をさまたげていたのかもしれない。

ともあれ、その呪術師を取材に行かねばならない。

（二）

さいわい、心強いスタッフが二人、この道行きに付いていてくれた。ドライバーのヘンリー。無口だが腕の立つドライバーだ。実はこの長旅の帰路、我々の車はギアがぶっ壊れて、「バック」「ロウ」「セカンド」がはいらない状態になってしまった。ヘンリーはこの頑固なロバのような車をスワヒリ語の甘言でだましだまし、僕をナイロビまで無事連れ帰ってくれたのである。

おまけにヘンリーは異常に目がいい。急に道で車がストップするので、いよいよギアがどうにもならなくなったのか、と尋ねると、

「そうじゃない。ほら、カメレオンが道を歩いてる」

我々はしばしば路傍にたたずんで、野生のカメレオンを眺めたことだった。

もう一人は、ガイドのオワカ。

彼は日本語が話せる。おまけにボクサーである。ケニアのナショナルチームでいいとこいっていたらしい。プロボクサーになろうと思って、日本に留学していた。そのおかげで日本語はずいぶん達者だ。

ナイロビで二日ほど体を慣らしたあと、我々のランドローバーは、呪術医を求めて出発した。

とりあえずはヴィクトリア湖畔の街、キスムまで行ってそこを拠点にしようというのが僕の考えだ。キスムから北西へのぼっていって、うまく国境を越えられればウガ

ンダにはいれる。テソの住むトロロはすぐ近くだ。

ただ、ウガンダの情勢は、行ってみないことにはよくわからないのだった。ウガンダ北部はとにかくやばいらしい。元アミン麾下《きか》の敗残兵が山賊と化して政府軍と衝突しているという。最近では国境を越えて、ケニア北部の村を襲うこともあるという。観光客はもちろんそんなところまで行かないので、国境周辺の情報がない。

こちらはもう腹をくくっているが、オワカとヘンリーは呑気なものだ。冗談を交わしながら、朝もやの中を一路北へ進む。

車のテープからは甘いリンガラミュージックが流れてくる。

「これは何？」

「ボンゴマンってバンドです。すごく人気がある。この前、ナイロビのスタジアムに何万人も客を集めた」

「何万人も？」

「そう。それで大統領が怒ったね。自分より人気あるって」

「じゃ、モイ大統領もバンドやればいいじゃないか」

「バンド？　モイ大統領が？」

僕は町中の店という店に必ずかかげてあるダニエル・アラップ・モイ大統領の肖像

画を思い浮かべた。

「大統領のバンドは、つまらないかもしれないね。ポリティカル・メッセージばっかりで」

不敬罪にあたるような会話を、風が後方へさらっていく。たいへんな悪路で、ぬかるみを避けながらのジグザグ走行だ。聞けば、大戦中にイタリア軍が作った道だという。地球の背骨と言われるグレート・リフト・バレーを車は這うように登っていく。

山道の途中でヘンリーが車を停めた。

「ヒヒがいる」

ドグエラヒヒの親子が道ばたの枯木にすわってこちらを見ている。オレンジを投げてやると器用に皮をむいて食べ始めた。

そのヒヒ親子の後ろには広大な緑の沃野が横たわっている。眼下の緑野は視界の果てで空の青と重なりあって、いったいどこまで続いているのかさだかでない。

ケニアに来る前まで、僕はアフリカに対して「茶色」のイメージを抱いていた。この誤認が改まっただけでも来たかいがある。ここは、したたるような緑の国なのだ。ジャカランダの花が国中に咲き乱れる季節には、また別の印象を受けるかもしれないが。

(三)

ヘンリーが、顔をボコボコに腫れあがらせて、キスムのホテルへ帰ってきた。ウガンダで兵隊に殴られたのだという。

キスムに着いた夜から、僕は絞り上げるような胃痛に襲われて、次の日は一日ベッドでうなっていた。その間にオワカとヘンリーはウガンダの様子を偵察に行ってくれたのである。

マラバから国境を越えて、二キロおきに検問所があったという。立っているのは政府軍の兵隊らしいが、Tシャツのようなものの上にライフルをひっかけているだけなので、正規の軍人なのか民間兵なのか、よくわからない。

おまけに銃を持っているのは、十五、六の少年兵が多かったという。

そんな検問のひとつにオワカとヘンリーはひっかかった。相手はスワヒリ語も英語もよく通じない。わけのわからないうちに、車に積んであった飲料水、砂糖、オイルなどを没収された。これらは、呪術医や村人へのお土産用にナイロビで買ったものだった。

おまけに兵たちは、パスポートや全財産のはいっている、ヘンリーのバッグに手を出してきた。ヘンリーがそのバッグを身体でかばったところ、寄ってたかって殴られたという。

ボクサーのオワカも、さすがに銃口の前では動けなかった。彼らはパスポート以外のほとんどを巻き上げられて、命からがら帰ってきたのだった。

ウガンダ・ケニア国境は、実際にはたくさんの人間が行商で出入りしている。陸路で往き来するツーリストもいる。が、オワカたちはケニアナンバーの自家用車で、ケニア人二人だというので的にされたのかもしれない。東洋人のツーリストである僕が同乗しておれば、逆にそこまでの乱暴はなかったのではないか。ウガンダも最近では首都カンパラなどを目玉に観光には力を入れているからだ。

いずれにしても、半分ふさがってしまったヘンリーの目を見て、僕はひたすら謝るしかなかった。もう一度、ウガンダ国境を越えてトロロまで連れていってくれとはとても言えない。正直言って我が身大事の思いもあった。

急遽予定変更し、国境沿いケニア側の、ブンゴマ、ブシア地区をたずねることにする。

(四)

土造りの丸壁、牛糞を固めた床、草ぶきの屋根。昔ながらのケニアの民家から、その老婆は現われた。金つぼまなこでやせているが、背はしゃっきりとまっすぐだ。威厳のようなものがある。

前日、我々は、キスムからさらに北上して、マラキシという小さな町に辿り着いた。ここまでくると、さすがに白人の姿は一人も見かけない。ホテルも行商人用の木賃宿（一泊四百円くらいだった）があるだけだ。

表に食堂があって、その奥の中庭を囲んで貸室がある。モルタルで固めた四畳ほどの部屋に、ベッドが一つ、椅子が一つ。鉄格子のはまった小さな窓がひとつ。まさに牢屋である。

息が詰まるので、我々は眠るとき以外は表の食堂でごろごろしていた。

その食堂に、小型ブッチャーみたいなウェイトレスの姉ちゃんがいる。この姉ちゃんは何かを見て感動すると、

「エッ、エッ!!」

という、鳳啓助そっくりの感嘆詞を発するのだった。ルオー族出身のオワカにもこれがおかしいらしく、しきりに「エッ、エッ！」と物真似をしてからかった。

このお姉さん、我々が持ち込みのウイスキー（ケニア産のBOND7《セブン》）を飲んでいると、しずしずと寄ってきた。オワカに何か話しかける。聞いたオワカはゲラゲラ笑い出した。説明によると、姉さんはこう言っているという。

「私は、実は胸に持病がある。エムルオン（占い師）に聞いたところによると、この病気には、ウイスキーというものがたいへんよく効くという。そこでものは相談であるが……」

お姉さんのグラスに、なみなみとついであげたことは言うまでもない。

聞くと、この姉さんは、テソ族で、しかもなんとイカマリニャン・クランの出身なのである。

話は早かった。

次の日、我々はブンゴマ地区へ行って、まず「区長さん」に話を通した。区長さんは、呪術医の取材を快諾してくれ、我々をこの民家へと案内してくれたのだった。

牛がつながれている大樹の木陰で、この老婆との対話が始まった。東洋の果てから、万端くりあわせてケニアまできたのは、実にこの瞬間のためだったのである。

ところが、話していくうちに、何となく勝手がちがうことに僕は気づいた。婆さんは、患者に薬草を与えたりはするけれども、占いだの呪術だのはしない、という。おまけに、あんなものは迷信で嘆かわしいことだという。男は診ない。診るのは妊産婦ばかりで、ほれ、これがヘソの緒を縛る糸だ、これが政府のくれたライセンスだ、これが今までにとりあげた赤ちゃんの名簿だ、と、いろんなものを見せてくれた。

「これは……、ただの産婆さんだ」

と気づいたときの僕の心中、お察し願えるだろうか。どうやら、日本語、英語、スワヒリ語、テソ語と伝わっていく段階のどこかで、「呪術医」が「伝統医」にすりかわってしまったらしい。怒るわけにはいかない。僕と婆さんのまわりには、にこにこ笑顔の善意の輪が取り巻いているのだ。仕方なく僕は、いろいろと出産に関する話を聞いたあとでお愛想を言った。

「いま、おいくつですか」

「七十一です」

「そうは見えない。とてもお元気そうだ」

「でも、私はあまり食べないんですよ」

「ほう。やはり小食ということが長寿の秘訣なのですか？」

老婆は、草ぶきの自分の家を指さした。

「いえ。実はあそこで〝ブサ〟という密造酒を作っている。近所の人がよく買いにくるんだけれど、私はそのブサをたくさん飲むので、ごはんがあまりのどを通らないのです」

婆ちゃん、アル中だったんである。

もちろん、そのブサをご馳走になった。ヒエなどの穀粒で作ったドブロクらしい。酸味があって、カスが唇にたまる。ほんのりと胃が温かくなった。

もちろん、産婆さんの話だけ聞いてケニアから帰ってきたわけではない。

区長さんのフォローを得て、僕たちはこのブンゴマ地区で一番信頼されているという呪術医、ガブリエルに会うことができた。

予想を裏切って、ガブリエルの「診療所」は近代的だった。仄暗い民家の奥から出てきた産婆さんとは対照的だ。彼は、村の目抜き通り、郵便局や小学校や食堂や自動車整備工場が並んでいる通りに面して、コンクリート造りのクリニックをかまえているのである。

看板には「Primary Health Care」と書かれていた。

診療所にはズラリと薬壜が並べられている。いずれも草根木皮《そうこんもくひ》を煎じた、民間伝統医薬であるらしい。

ガブリエルは、今年六十一歳だという。眼光にはやはり常人を越えて強いものがある。

彼は僕にいろいろな薬品や、政府発行のライセンスを見せてくれた。彼ら呪術医は、定期的に横つながりのセミナーを持って、情報交換をするという。薬草の新しい処方などは素早くその場で修得される。

ケニアでも、たとえばナイロビに行けば最先端の医大病院があるが、とても地域医療にまで手がまわらないのが現状だ。政府は、呪術医にゲタをあずけざるを得ない部分が多々あるのだ。

「ここに来る人々の問題の、ほとんどは呪いによるものだ」

薄いピンク色の、手術医のような上衣を着たガブリエルは、政府公認の伝統医術の裏側を、ためらいなく語ってくれた。

「依頼者は必ず黒い鶏を持ってくる。その腹を裂いて内臓の様子を見ると、すべてがわかるのだ」

「誰が、どういうことで呪いをかけたとか？」

「そう。で、呪いを解いてやる。ほとんどの病気はそれで治る」

僕は、おそるおそる尋ねてみた。

「呪いを解けるということは、呪いをかけることもできるのでしょう」

「もちろん」

「そういう依頼は」

「最近は少なくなったが、たまにはくるよ」

僕は、呪いのかけ方を教えてもらった。

ある種の薬と、焚き火と、呪文をミックスした、とても簡単なものだった。

そんなものでも充分に実効力はあるそうだ。

以降、編集者の方々は僕の理不尽な要求にさからわないように。


日本に帰って一月ほどしてから、この呪術医のガブリエルから手紙が届いた。しかし、全文スワヒリ語なので何がなんだかわからないのである。写真をあげたので、単なる礼状なのかもしれないが、それにしては文章量が多い。つまんない呪術小説を書くと障りがあるからおよしなさいという警告文かもしれない。

どなたか訳してくれませんやろうか。

呪術医のエアメイル

僕のバッグの中にはいつもスワヒリ語で書かれたエアメイルが一通はいっている。これはケニアの呪術医ガブリエルから届けられたものだ。便箋三枚ほどにびっちりとスワヒリ語が並んでいる。何が書いてあるのか知りたいが、身のまわりにスワヒリ語の達者な人間などいない。しかし、動き回って人に会っていれば、どこかで、

「いや、私、特技といってもスワヒリ語くらいしかないもんで」

という奇特な人物に出会わないとも限らない。かくして呪術医ガブリエルの手紙は、僕のバッグの中に常駐することとなった。相手が呪術医で、しかも礼状にしては文章の量が多いのでどうにも気になるのである。ひょっとすると大変な警告のようなものが書かれているかもしれないではないか。

ケニアの北方数百キロ、ウガンダとの国境に近いブンゴマ・ディストリクトでガブ

リエルは呪術医をやっている。

僕は自分の小説『ガダラの豚』の取材のために、昨年の五月、この農村を訪れた。小説の設定は、アフリカの大呪術師がタブーを犯された復讐のためにＴＯＫＩＯまで乗り込んでくる、というものだ。民族学者、心理学者、トリック暴きの達人である手品師、超能力少年、高野山の密教僧、これらの人々が一丸となって「呪術」にたち向かっていくが、どうにも勝てない。一人、また一人と倒れていく。ま、そういう話なんである。なにはともあれ、現実の呪術師なるものをこの目で見ないことには話が書き出せない。とにかくアフリカへ行こう、というので、マラリアの予防薬を呑みながらの取材旅行になった。

驚いたことに、呪術医ガブリエルの診療所は、とてもスマートだった。僕自身は、泥で固めた丸い壁の上に草ぶきの屋根がのっかった、そうした民家を想像していたのだが、とんでもない。村のメインストリートに面した四角いセメント造りの平屋のビルに「Primary Health Care」と看板があった。

出てきたガブリエルは六十過ぎの、威厳のある男で、自信に満ちあふれていた。目の光がとても強い。

いろいろと話をした。

アフリカの呪術医のことを、うまく説明するのはむずかしい。一応、建て前としては彼等は「伝統医」ということになる。トラディショナル・ドクターだ。政府がライセンスを発行している。

大きな街には病院があるが、農村では教会がやっているクリニックがあればいい方である。そこまで政府は手がまわらない。たぶん、嬉々としてではなく渋々と呪術医の存在を容認しているのではないか。そういう気がする。

で、彼らは「いやし」と「呪い」、正反対のことを同時にやっているわけである。ガブリエルのクリニックには、草根木皮を煮詰めた呪薬が所せましと並べられていた。この中にはたぶん医学的に分析して非常に効くものと、まったく効かないものが混ざっているのではないかと思った。しかし、別に効かなくてもいいのである。呪術療法の秘訣は、人間の自然治癒能力を引っ張り出すところにある。

問題は、「いやし《ヒーリング》」の力がそのまま呪いにも使われ得るということだ。

「あなたは鶏の腹を裂いて、内臓で占うのか」

僕はガブリエルに尋ねた。

「そうだ。患者は鶏を持ってこのクリニックにやってくる。鶏の腹を見れば、患者の病気や不幸が誰の呪いによるものなのか、そうでないのか、一目瞭然にわかる」

「誰が呪いをかけたとか、そんなことまでわかるのか」

「わかる」

「で、どうするのか」

「呪いを解いてやるのだ。そうすれば病気は治る」

「どうやって解くのだ」

「いろんな方法がある」

どうやらそれは企業秘密のようだった。

僕はもっと突っ込んだ。

「呪いを解けるということは、かけることもできるわけだね」

ガブリエルは笑った。

「もちろん」

「どうやってかけるのだ」

僕はその方法を教えてもらった。まだ使ったことはないので安心していただきたい。

総じて、アフリカの呪術医の存在というものは、日本の漢方医と神主と拝み屋とを足して割ったようなもので、たしかに「効く」。文化基盤の中に呪術というものがしっかり取り込まれておれば、それは陰にも陽にも作動するのである。あなたに笑う資格はない。人間は、未知の不幸に対しては呪術的に対処するしか方法がない存在なのだ。

そのガブリエルから、先日、二通目のエアメイルが届いた。受け取った僕は一瞬どきっとして、口に運びかけたビールのグラスが止まった。

ガブリエルは、どうしても僕に告げたい呪術的メッセージを持っていたのだ。今回の手紙もスワヒリ語だったが、幸いにも世話になった旅行社「道祖神」の人が英訳をつけてくれていた。

「クリニックを新設したいので援助せよ」

という内容だった。……とほほ。呪われちゃかなわないから小説が売れたら援助することにした。

Ⅳ　わるもの列伝

悪い奴ほどよく笑う

わるものは「ゲラ」である。古今東西の子供向けのお話を見ても、勝ち誇った高笑いをしないわるものというのはまず見当たらない。なかには「高笑い」というよりはむしろ「バカ笑い」、躁病の域に達したわるものもいる。笑いつつ現われ笑いつつ去る、というパターンをわるものが必ず踏襲するのはなぜだろう。わるものというのはひょっとすると「うれしがり」ではないのか、とも考えられる。しかし、わるものの不可解なところは、「うれしくなくても笑う」というところである。わるものの笑いを分類すると、おおむねつぎのように大別される。

①善玉をやっつけられるのがたいへん喜ばしいので笑っている

②自分の余裕を見せつけて、善玉をひるませるために笑っている

③負けてくやしいので、それをかくすために無理に笑っている
④わるものは笑うものだと決まっているので、先輩を見習って笑っている
　この分析で見ていくと、①の理由で笑っているわるものというのは、非常に素朴な人柄なのではないかと、思える。直情径行型で屈折というものがない。ご飯を食べたら幸せになり、お腹が減ったら悲しくなる、そういう人柄である。幼児的な大人だともいえる。したがってこの場合のわるものは、「欲しい」↓「盗む」という短絡思考の結果、社会性にそむいてしまったわけで、説教すればすぐ改心してしまったりするタイプだろう。
　②の笑い、見栄っぱりで笑っている、というのは内向性の性格を示している。これもまた幼児的なのだが、自己保存欲が強く、常にガードをかっちり固めて自分の内側に他人を立ち入らせないタイプである。彼はいいとこのお坊っちゃんで、自分が異常にちやほやされていた幼児期を自分の黄金の時として抱きかかえ、死守しようとしている。このわるものは、母親への近親相姦的愛情と異常に強い自己愛、それらに対してずかずか踏み込んできたり逆に無視したりする社会への憎しみ、このふたつの愛憎の中で引き裂かれている。そのために世間の耳目を集めるべく、劇場型犯罪に走るのである。③のカラ笑いもこれと同じ理由からきている。

④の笑いをするわるものは、かなり頭が悪い。クレッチマーの分類でいえば「筋肉体質」の人間である。規律やルール、縦関係のヒエラルキーが大好きな、体育会系の人間である。「不合理かどうかは別にして、それがルールである以上、我々は守るべきだと思います」といった発言をして生徒会長に落選したりするタイプである。テレビや漫画を見ていると、子供たちが必ず、
「わあい、わあい」

と言っているので、自分も走りながら、

「わあい、わあい」

と言ってみたりする愚かな子供だった。彼の場合、たまたま遵守する律法が「悪」であったというだけの話で、改心して警官にでもなれば、けっこうコツコツ働いたりするのだ。

ところで、具体的にわるものはどういう笑い方をするのだろう。音声学の中に、フォルマントという概念がある。これは楽器の音や人の声の響きの末尾につく母音のことである。たとえば笛の音のフォルマントはピッコロなら「ピーッ」で「イ」、サックスなら「ブゥッ」で「ウ」である。洋の東西を問わず、このフォルマントが「エ」の音というのは、人に下品な印象を与える。ロックが下品だといわれるのは、フォル

マントが「ベベーン」とか「テケテケ」とか、「エ」の音を多用するからである。人間の笑い声にももちろんこのフォルマントがある。たとえば「は」行の笑いのフォルマントはこうだ。

ア＝はっはっはっは
イ＝ひっひっひっひ
ウ＝ふっふっふっふ
エ＝へっへっへっへ
オ＝ほっほっほっほ

さてこの中でわるものの笑いはどれでしょう。答えはわるものの「格」によって違ってくる。大悪人の場合は「はっはっは」だろう。その大将に付いて知恵袋の役目をする策士なら「ふっふっふ」、子分その一、その二は「ひっひっひ」「へっへっへ」で、こいつらはわるもののくせにお上《かみ》から十手をあずかっていたりする。「ほっほっほ」は悪の大将の愛人の笑いである。男の考えもつかないような冷酷なことを考えて、大将をそそのかしたりする。こう考えてみると、大悪人というのは「あ」行で笑うので、男性的で単純明快な性格なんである。つまり、以上すべてを総合すると、大悪人の性格は、『幼児的で、素朴で、マザコンで、生真面目で、あっけらかんとした性格』だということになる。けっこう友だちになれそうな人物ではないか。

悪役の出身地について

世の中の人間を善と悪にスッパリ二分するというのは、非常に幼児的なものの考え方である。扇風機のスイッチが強と弱しかないようなもので、そんな粗雑な思考パターンではこの世界の複雑さを受けとめられない。あえて子供向けにそうしたものを作るにしても、文化的に爛熟《らんじゅく》した国の作家であれば、内心ジクジたるものを感じるだろう。その点、勧善懲悪の二元論にピッタリなのがアメリカ人の国民性である。もちろん例外は多々ありすぎるだろうが、マクロ的に見てアメリカ人というのは強と弱のスイッチしかない扇風機のように見える。それは最近の「デブは自己管理能力がないから要職から追放する」といったニューヨークの動向を見てもわかる。クジラの問題にしたってそうである。百年前まで捕鯨船団をつくって、食べもしないのに鯨を殺し、

ジュージュー脂だけをしぼり取っていたのはいったいどこの国なのか。アメリカ人は二元論の明快さを信奉するあまり、その二元論がとりこぼすものの重大さに気づこうとしない。独善的な極論に走っては失敗ばかりくり返している。アメリカ人の取り柄は自分の非を素直に認めるところだが、要は考えが足りないから反省せざるを得ないのである。こういう独善的二元論の国民性には勧善懲悪パターンの子供向け作品はまさにうってつけだといえる。

まずアメリカ人が作り上げたのは、ウエスタンにおける「悪いインディアン」の存在である。幌馬車隊は円陣を組んで防戦する。襲いかかる無数のインディアン。泣き叫ぶ女、子供。あわや頭の皮をはがれようというときに騎兵隊が駆けつける。こういう紋切り型のパターンの映画が無数に作られた。実際の歴史を見るとそれこそとんでもない話で、アメリカ人はインカ文明を滅ぼしたピサロも顔負けの侵略民族である。まずウイスキーと病気を持ち込んで先住民族を弱体化させ、次には武器を売りつけて反抗を誘い、ジェノサイドの大義名分を作った。ついでのことにバッファローも全滅させた。近代にいたっては「保護」の名のもとにインディアン・リザベーションに隔離し、種の自然消滅を待つ作戦に出た。そうした意識に立ってウエスタンを見ると、盗人たけだけしいとはまさにこのことなのだが、別の目で見ればこれはアメリカ人全員が負っている良心の呵責を別のものにすりかえるための集団催眠装置であったのかもしれない。西部劇そのものが飽きられ始めたころになってやっと『血と怒りの河』のような親インディアン映画がつくられたが、同じ頃にジョン・ウェインはあの『グリーンベレー』を作っている。反省も帳消しである。

インディアンの次に槍玉に上がったのはドイツ人である。『コンバット！』を見て育った年代の僕らはドイツ人に対する固定観念をみごとに植えつけられている。それは、

①冷酷で非人間的である。
②セリフがないので無口にみえる。
③やたらに数が多い。
④簡単に死ぬ。

同じ同盟国であったイタリア人や日本人があまり出てこないのは、イタリア人の場合はその国民性の陽気さや人間味がすでに知れ渡っているためだ。敵役に仕立てにくかったからだろう。日本人の場合は、ただ単にスタジオにそれだけの日系人を調達するのが困難であったからにちがいない。

日本人が悪役として象徴的活躍をしたのは主にプロレスのリングである。グレート

東郷を代表として、二、三十年前のアメリカプロレスには「トージョー」「トーゴー」役の日系人レスラーが一ダースは常に存在した。ハッピ・コートにステテコ、ゲタの田吾作スタイルがコスチュームである。攻撃法はゲタで殴る、塩を相手の目にすり込む、などで、最後には土下座をして命乞いをする設定になっている。それもマンネリになってくると、新手が考え出された。大木金太郎がアメリカに行ったときのふれ込みは「原爆孤児」である。ヒロシマの原爆で両親を失った大木金太郎は、仇討ちのために「原爆頭突き」をひっさげてアメリカに乗り込んできたのである。アメリカ人のガサツさやデリカシーのなさも、ここまでくると笑ってしまう。最近のアメリカ・マットはまた様変わりしていて、謎の「ヤマサキ製作所」なる日本企業から派遣された、というレスラー（蝶野正彦）が悪の限りをつくしている。ビジネス摩擦のうっぷんをプロレスで晴らそうという、いかにもアメリカ人らしい考え方なのだろう。

このほかにも『ターザン』における「人喰い人種」だの、中国人の「フー・マンチュー」だの、ベトコンだのマフィアだのが悪役をおおせつかっている。しかし最近はさすがに風当たりが強いのだろう。現実の異民族は影をひそめて、「宇宙人」にとってかわられつつあるようだ。

わるものの進化論

新しい強烈な悪役を作り出すというのは、なかなか至難の技らしい。そのために悪役はたいてい自分と同系列に属する先祖を持って少しずつ進化してきている。

たとえば吸血鬼ドラキュラ伯爵はブラム・ストーカーの創作だが、もともとの民間伝承のモデルになった「青ひげ公」はジャンヌ・ダルクの臣下であったジル・ド・レ侯爵や、ルーマニアのワラキア地方の領主であったブラド・テペシュではないかと推測される。領民を大量に虐殺した実在の領主だが、その動機となったのは黒魔術だ。歴史的なルーツをさかのぼっていくと、吸血鬼の発生は遠くギリシア時代にまでたどりつく。直射日光や十字架、ニンニク、木の杭、銀の弾丸、流れる水などに弱いという吸血鬼のキャラクターはそうした長期間の伝承の中で作られていったものだろう。

エジソン映画での怪物
（今のスタイルは1935年のボリス・カーロフ以降）

ことにカルパチア地方のスラブ民族の間の伝承は有名で、ブラム・ストーカーはこの伝承をベースにして『ドラキュラ』を書いている。

『フランケンシュタインの怪物』はご存知のように詩人のシェリー夫人、メアリー・シェリーが一九一六年に書いたものだ（面白いことに、これを世界で最初に映画化したのは発明王トーマス・エジソンである）。この人造人間のキャラクターの元となったのは中世のユダヤ伝説のゴーレムの存在だろう。ゴーレムはカバラの原典『創造の書』にある秘法で、泥からつくりあげる人造人間である。額の上に貼ってある護符がある限りは生き続ける。安息日にはこれを働かせてはいけないので額の護符を取ると、ゴーレムはばらばらに崩れてもとの泥土にかえってしまうのである。ゴーレム伝説に題材を取った小説にはホフマンの『砂男』やアヒム・フォン・アルニムの『エジプトのイザベラ』などがあるが、中でも最も有名なのはグスタフ・マイリンクの書いた『ゴーレム』だ。この不思議な雰囲気を持った小説は一九一五年に出されている。メアリー・シェリーが『フランケンシュタインの怪物』を書く一年前のことで、この人工生命譚が彼女に影響を与えたことはまちがいない。死体をつなぎ合わせるにせよ泥から作るにせよ鉄で作るにせよ、こうした人造生命の発想の源は「ホムンクルス」である。男子の精液やマンドラゴラの根などから壜の中で人工生命を作り、これを育ていくのだ。中世の魔術師パラケルススを始め、多数の人間がこのホムンクルスを作るのに成功したと言われている。つまりこのホムンクルス伝説が進化していく過程の中で、ゴーレムやフランケンシュタインの怪物が生まれた。『鉄腕アトム』や『鉄人28号』などのロボットものやサイボーグのSFもその線上にある。錬金術が魔術と科学に分かれたように、このホムンクルス伝説もどこかでの分岐点を経て、片一方ではバイオ工学となって現実にキマイラのような怪物を作り出している。

ところでこうした被創造物の背後にいるのがいわゆるマッド・サイエンティストなわけだが、この系譜も実に豊富だ。フランケンシュタイン博士、カリガリ博士、ジキル博士、怪人フー・マンチュー、などはいずれも名こそちがえど本質的には同一人物であって、その正体は中世の魔術師パラケルススその人だと断ずることもできる。これもどこかで枝分かれして、一方ではアルセーヌ・ルパンや怪人二十面相に変貌したのだろう。007に登場するドクター・ノオのように、その両方の性格を併せ持つ悪人もたくさんいる。ただ、このマッド・サイエンティストの系譜にはキャラクター的にはあまり深化が認められない。被創造物の悲しみが深くて魅力的なのに比べると、人間であるはずのマッド・サイエンティストにはもうひとつ深みが感じられないのだ。創った怪物に匹敵するだけのキャラクターを持つ博士がいれば、この分野はもっともっと面白くなるはずだ。

　怪物がつまるところルーツをたどればみんな黒魔術にたどりつくのは仕方がないにしても、受け手の我々としてはもっともっとひんぱんに「突然変異」が起こってほしいと思う。たとえば変な話だが時代劇の世界では「丹下左膳」というのはとんでもない突然変異だった。片腕片目で死に装束をまとった怪物で、しかもそいつが主人公だなんてことはそれまでのチャンバラではとても考えられなかったのだ。丹下左膳の登場のおかげで、『眠狂四郎』と『座頭市』の出てくる舞台ができたのだ、とも言える。クライブ・バーカーやスティーブン・キングあたりに早く、未知の変異体を創ってもらいたいものだ。

わるもの比べ

　この前の「明るい悩み相談室」の質問はなかなか笑えた。二十五歳の主婦の方からだったが、

「世界征服をたくらむ悪の組織であるショッカーは、壮大な目的のわりにはどうして幼稚園のバスを襲うとか、子供をさらうとかいうセコイことばかりしているのか」

というものだった。なるほど、そう言われてみればそうである。それが学習院のバスか何かであれば、ひょっとすると日本を身のしろ金にせしめるくらいはできるかもしれないが、その辺の鼻たれ小僧ばっかり乗っている幼稚園のバスを襲ってもたいした益があるとは思えない。この質問に対しては「悪人における目的と手段」という考え方で答えておいた。つまり、ショッカーにとって「世界征服」というのはいわば建

て前であって、実のところは「悪事をはたらいて人を困らせる」というプロセスそのものが大事なのだ。愉快犯であり劇場型犯罪者なのである。「世界征服」というのはこのプロセスを正当化するための大義名分にすぎない。ショッカーにとっては東京の上水に毒をまくのも幼稚園のバスを襲うのも、生ゴミと燃えないゴミを選別せずに出すのも、悪の喜びの本質に変わりはないのだ。

そう考えてみると、わるものの存在というのはここでくっきりとふたつに分かれる。利便《ベネフィット》追求型とカタルシス追求型である。具象対抽象、肉体対精神、唯物論対唯心論という永遠の対立構造の中にわるものもまた置かれているのだ。ではここに一件の殺人事件があったとする。独り住まいのお婆さんが別々の場所でふたり殺された。犯人はどちらも直後に逮捕された。片一方の犯人Aはサラ金の返済を苦にして、婆さんのためていた小金を盗むために殺した。もう一方の犯人Bは「むしゃくしゃしていたのでいつも念仏を唱えていて気にさわる隣の婆さんにカッとなって」殺した。さて、どちらが悪いでしょうか。これは法律学的に見るとどうなるのか知らないが、設問自体が愚問なのではないだろうか。プロレスと空手ではどちらが強いか、というのは格闘技ファンの間では典型的な愚問のひとつとされているが、そのナンセンスさに似ている。プロレス・空手論争の際には一番うまい答え方として次のように言うことになっている。

「その質問は、たとえば鯨と象とどちらが強いか、とたずねるようなもんですよ」

そう。どちらの方が強いとか、どちらの方が悪いとかいうことはない。あるのは「違い」だけである。犯人AもBも、ともに幼児的であり短絡的である。しいて言えばAのほうは「痴」であり、Bのほうは「狂」であるといえる。Aのほうは左脳の領域でのショート、Bは右脳のショートを起こしている。どちらが悪いということは言えないが、確実に言えるのは「もっと悪い奴もいる」ということだろう。AとBをヘーゲル的にアウフヘーベンしてしまうとどうなるか。「婆さんが憎いので殺して金もとった」という犯人Cだろうか。うーむ、これではアウフヘーベンでなく、ただの足し算だという気がする。「婆さんに保険をかけて自分を受け取り人にした上で、犯人Cをそそのかして殺させた」犯人D。うむ、なんて悪い奴なんだろう。しかし思うに、一番悪いのは殺された婆さんである。ただし、悪いといっても「運」の話だが。

悪の大看板

いま「野性時代」に『菅原法斎ふうてん蹴り』という小説を連載している。この小説の主人公・菅原法斎は、陸軍中野学校あがりの、八十歳近い老人なのだが、名刺の肩書のところに「瘋癲《ふうてん》」と書いてある。つまりこの人は「狂人」を自分の職業にしているのである。そんなものでメシが食えるか、と普通は考えるが、明治・大正の頃の「蘆原《あしはら》将軍」の例がある。蘆原将軍は、みずからを源氏の血をひく大将軍だと信じている誇大妄想狂の患者だが、天下国家を論じるその発言がたいそうユニークなので評判になった。当時の新聞記者たちは、ネタに困ると巣鴨の病院に行って蘆原将軍のコメントを取ったのである。それを考えると「狂気」を職業にしてしまう人間がいても不思議はない。それと同じように「わるもの」という職業もあるのではないか。普通

の意味で「わるもの」というと、マフィアや暴力団や悪徳政治家ということになるが、この連中は金のために悪事を働いた結果として「わるもの」になってしまうわけで、「わるもの」であることで金をかせいでいるわけではない。今のところ、職業的に「わるもの」を看板にして食べているのは悪役プロレスラーくらいのものではないだろうか。プロレスでは善玉と悪玉がくっきりとわかれているが、そのわかれる基準というのを考えてみるとなかなか面白い。日本においてはご存知のように、日本人は善玉、外人は悪玉、という原則にのっとって興行が行なわれてきた。これは考えてみるとムチャクチャな話で、外人にだっていい人もいればヤな奴もいる。しかし、民族によって善悪を決めるというのはプロレスの常とう手段で、リングの上では筋書きの決まった「代理戦争」が行なわれ、それによって民族的フラストレイションの解消が促されるのだ。アメリカのリングなどはもっとムチャクチャである。アメリカでは善玉を「ベビー・フェイス」、悪玉を「ヒール」と呼ぶが、このベビー・フェイスはたいていの場合、金髪で青い瞳を持つ白人レスラーである。対してヒールになるのは白人以外の有色人種、およびアメリカ以外の国の人間である。したがって、アメリカのヒールは人種的に多彩だ。ブッチャーのような黒人、ザ・シークのようなアラブ人、ザ・グレート・カブキやザ・グレート・ムタのような「ニンジャ」の日本人、その他インディアン、中国人、モンゴリアン、インド人、ロシア人、ミクロネシア人、宇宙人、地底人、ミイラ。人間以外にも、ヒールとして動物が登場することさえある。イノキはワニと闘ったし、マス・オーヤマは牛、ウィリー・ウィリアムスは熊、ドン・レオ・ジョナサンはなんと大ダコを相手にそれぞれ死闘を演じた。

ところでこのヒールというのは、もちろん役割なので興行地によってはヒールとベビー・フェイスが完全に逆転する。ドリー・ファンク・ジュニアは地元では大のヒールである。逆にタイガー・ジェット・シンは地元ではベビー・フェイスの本格派テクニシャンである。ヒールを演ずるには演技力がいるが、その点で一番卓越しているのはこのシンだろう。まだそう売れていない頃、シンが青山を歩いていた。誰も知らないから、そのときは「普通のインド人」だった。ところがすれちがった子供の一人が指さして、「あっ、タイガー・ジェット・シンだ」と言ったのだ。そのとたんシンは「シン」になってしまって、前を歩いていた何の関係もない高校生をいきなり「殴った」という。役割に徹しているのだ。こうしたレベルの高いヒールを「ハイ・ヒール」と言う。

わるもの度チェック

僕は昔、自分の「わるもの度」というのをチェックして驚いたことがある。たとえば「窃盗」という項目を作って、その中には下は万引きから上は銀行強盗まで入れてしまう。消しゴム一個でも盗みは盗みだ、という考え方である。同じく暴力行為も街のケンカまで範囲の中に入れてしまう。詐欺だの恐喝だのも、ごく軽微なところまで含むように考える。そうやって考えていくと、驚いたことに僕が今までやったことのない犯罪というのは「殺人」と「強姦」だけになってしまうのである。読者諸君も一度次の表にしたがって自分の「わるもの度」をチェックしていただきたい。

①窃盗―人のものを盗んだことがある。

②横領―人のものを借りたり拾ったりして返さなかったり届けなかったりしたことが

ある。
③暴行傷害——人を殴ったことがある。
④強姦——「いやだ」と言っている相手を「いやよいやよも好きのうちだ」なんてことを言って、むりやりしてしまったことがある。
⑤賭博——賭けマージャン、トトカルチョなどの賭けギャンブルをしたことがある。
⑥密輸——制限外のものを外国から持って帰ったことがある。
⑦麻薬——ドラッグをやったことがある。
⑧詐欺——人をだまして物品・金などを手に入れたことがある。
⑨殺人——人を殺したことがある。
⑩名誉毀損《きそん》——悪意をもって人のあることないことを言いふらしたことがある。
⑪道交法——道交法違反をしたことがある。
⑫軽犯罪——立ちションをしたことがある。その他。
⑬公務執行妨害——おまわりさんのジャマをしたことがある。

と、まあこういう風に考えていくと、どれにもあてはまらないという人はちょっといないのではないか。いたとしたら異常に嘘つきか異常にもの忘れの激しい人だろう。僕は弁護士ではないので法的なことはわからないが、たいていの人は法律的に見てもどこかでひっかかると思う。だからといってあなたが「わるもの」かというとそんなことはない。目をつむってあなたのまわりの人間を思い浮かべてほしい。その中に「こいつはわるものだ」というような人物がいるだろうか。ここでまちがえてはいけないのは、ただ粗野で暴力的であったり、虚言癖のために人に迷惑をかけたり、金にルーズだったり、そういう人物と「わるもの」を混同してはいけない、ということである。そうして厳密に考えていくと、「わるもの」というのは稀有な存在で、普通の生活をしている人間のまわりには滅多にいないのではないか、と思えてくる。たとえ犯罪者であっても、そいつが「わるもの」である場合は少ない。僕のよく知っていた人の中にも「犯罪者」ならけっこういる。窃盗の常習者は数え切れないはどいたし、旅券詐欺で二回刑務所にはいった人もいた。麻薬の密売をやっているのもミュージシャンには多かったし、一番すごいのでは酔って人を殴り殺してしまった奴もいる。知人レベルの人もいればその中には友人もいる。「わるもの」でないからつき合えるのだ。そう考えると「わるもの」をじかに見られるという経験というのが、はたして生きているうちにあるかどうか心もとない。聖人君子に出会う確率よりもそれは少ないのかもしれない。

ピカレスクの結末

悪漢物語《ピカレスク・ロマン》というのは、映画にしても小説にしても、けっこう作るのがむずかしいジャンルではないか、と思う。昔、この手の映画の秀作に「黄金の七人」シリーズというのがあって、僕は何度も見た。中でも面白かったのは、メンバー全員が刑務所にはいっていて、その刑務所の中からトンネルを掘り進めていって、銀行の地下金庫の中の金塊を盗もうという話である。この話にはサッカーがからんでいて、イタリアという国らしい話だが、サッカーの決勝試合の日には、全国民がそれに熱中する。その日に盗みを決行しようというのである。刑務所の看守から銀行員から警官まで、みんながサッカーに夢中になっている、そのスキをつくわけだ。こういう設定がうまいので、話自体が非常に面白くなる。唯一不満なのは、最終的にはいつもこの七人の犯罪

が失敗してしまうところである。勧善懲悪的結末のピカレスクというのは非常にストレスのたまるものだ。どうせフィクションなのだから、うまく盗んで笑いが止まらないような結末にしてくれたら見ている方もスカッとするのに、と歯がゆい。これはまあ、犯罪を奨励しているような作品に対しては体制や世論がうるさいから、ということもあるだろうが、もうひとつは作家というものの「業」だろう。どうしても「どんでん返し」を結末につくって全体をピリッと引き締めたい、という欲が作家にはある。ピカレスクの場合、このどんでん返しがたいてい犯行の思わぬ失敗、ということになる。中には「どんでんのどんでん返し」みたいな手もあって、たとえば『スティング』などはそれで、見終わった後に質のいいカタルシスが味わえる。ピカレスクは悪業が成功したほうが断然面白い。そうでないと、我々は現実の犯罪に対して、応援の声をあげるような、錯綜した心理を持つようになるだろう（別にそれでもいっこうにかまわないのだが）。たとえば三億円犯人に対する我々の微妙な感情は、現実の犯人に対する我々のピカレスク的な自己投影である。しかし、中には犯行の失敗自体が現実によくできたオチをつけてくれて、そのどんでん返しをおおいに楽しめるケースもある。二十年ほど前の、大阪の「ニセ金庫事件」などがそうだろう。ご存知ない方のために説明すると、犯人は梅田の地下街の夜間金庫に、「故障中のため、代理の金庫に入れて下さい」という貼紙をした。代理の仮設金庫は、もちろん犯人が苦労して設置したものである。この犯行は、犯人がおそらく思ってもみなかったほど、うまくいった。人々はやすやすとだまされて、ニセ金庫にどんどんお金を放り込んでいったのである。ところがあまりにもお金がはいりすぎたために、ニセ金庫がいっぱいになってしまった。金庫がノドもとまでお金で詰まって、パンパンになってあふれているのでバレてしまったわけである。なまじ途中までうまくいっているだけに、この犯人のくやしさを思うと、可哀そうやらおかしいやらで、とにかくそのスカタンさに拍手を送りたい。

現実のピカレスクで上出来のものというのはあまりないけれど、悪業が成功裡に終わるピカレスクは、いくらでも転がっている。そのへんの政治家の伝記を真説で書きあげたら、それはけっこうなピカレスクになるにちがいない。

大量殺人者について

あんぐり。……これはあいた口が開きっ放しになっている状態をあらわしてみたりしているわけだが、コリン・ウィルソンの『現代殺人百科』（関口篤訳・青土社）という本を読んだ人なら僕があんぐりしている気持ちも納得がいくと思う。これはここ数十年の殺人事件の主だったものを集めた本だが、とにかくケタがちがうのだ。ここに登場する殺人鬼どもに比べたら某ミヤザキ君などは完全に「ヒヨッコ」なのである。この本には都合百四件の殺人事件が収められているが、二十人、三十人殺したという大量殺人者がごろごろ出てくる。その殺しっぷりのすさまじさを一例をあげて紹介しよう。西ドイツのヨアヒム・クロルという殺人犯の例である。

ことの起こりは一九五九年の七月、西ドイツのルール地方で、マヌエラという十六

歳の少女が死体で発見された。首を絞められた上に暴行されていた。さらに奇妙なことに、死体からはお尻の肉と太腿の肉が切り取られていたのだ。それから三年後、同一の犯人と思われる事件が起きた。十三歳のペトラという少女が森の中で死体になって見つかったのだ。今回もやはり暴行を受けた上に、尻の肉と左腕が切り取られていた。その二ヵ月後にはモニカというやはり十三歳の少女が殺された。尻と腿の肉の一部がなかった。四年後の一九六六年、今度は五歳の幼女が公園の遊び場で殺された。尻と肩の肉の一部がえぐり取られていた。警察は必死の捜査の結果、一人の若い男を容疑者として逮捕した。これは誤認で、男は十数年後、真犯人の逮捕によって無実を証明されることになる。

真犯人はこの誤認逮捕のせいで用心したのか、もしくは無実の容疑者に罪をかぶせようとしたのか、その後十年はなりをひそめていた。

十年後、マリオン・ケッターという四歳の女の子が行方不明になった。警察は大がかりな聞き込み捜査を開始したのだが、あるアパートで奇妙な情報を入手した。このアパートに住んでいる人の証言である。このアパートの水洗トイレの管理をしているのはヨアヒム・クロルという、やや知恵遅れ気味の中年男だ。そのクロルが証言者に、最上階のトイレは詰まっているので使わないでくれ、と言ったのだ。証言者は、

「何が詰まっているんだ」

とクロルに尋ねた。クロルは、

「はらわたさ」

と答えた。証言者はクロルの冗談だと思ったが、クロルは普段から冗談を言うような男ではない。警察はすぐにそのアパートに行って最上階のトイレのパイプを調べた。たしかにそのパイプには子供の内臓が詰まっていた。警察はクロルの部屋に踏み込んだ。クロルはストーブの上で、スープを作っている最中だった。警官が鍋の中をのぞくと、ニンジンやジャガイモといっしょに、子供の手首が煮えていた。冷蔵庫の中には、人肉がいくつものビニール袋に小分けされて保管されていた。

クロルは逮捕され尋問を受けたが、何人殺したのかは「忘れて」しまっていた。全部思い出したら家に帰してやると警官が言うと、クロルはそれを真に受けて、一生懸命に記憶をたどり、何とか十四件までは思い出した。さらにこの事件でおぞましいことは、クロルが死体から肉をとって食べていたのは、性倒錯によるものではなく、純粋に「経済的理由」によるものだった、ということだ。どうです、ものごっつい奴でしょう。

この本の中では、クロルはランクで言えば「中くらい」の大量殺人者である。暗殺を職業にするプロの殺し屋も登場する。ガイアナ人民寺院の教祖だって立派な大量殺人者だと言える。そもそも「戦争の英雄」に比べればクロルなんて物の数にはいらないとも言える。

嫌いでいさせろ

もうひと昔も前のことなのだけれど、当時失業中だった僕は、毎日家でテレビを見て暮らしていた。ある日、お昼の主婦向け番組を見ていると、竹村健一氏が出ていた。僕はこの人をプロレス的な意味での「悪役」としてけっこう好きだったのである。威張りんぼで高慢ちき、独断的でハゲでモミアゲ。講演料が高いうえに、本を二百冊も出していて、しかもそれが売れる。これはやはりマスコミの中では、嫌われ人気の悪役以外の何者でもない。そんな思いがあったから、その日も画面の竹村氏を見ていた。と、何かの拍子で、竹村氏がこういうことを言い出したのである。「僕ぁね、最近子供にも言うとるんやけどね。自分が今ここにおるというのはやね、親があって、その親を生んだ親がまたあって、つまりご先祖というものがあったからこそ今

の自分がおるわけや。そやから墓参りみたいなことにしても、これはご先祖さまをうやまうということやからね。これはせないかんと」と、突然に「ご先祖さま大事理論」を展開し始めたのである。そういえば、お盆も近い暑い日だったような気もする。司会者たちは突然の竹村氏の発言におおいにあわてたようで、

「どうしちゃったんですか、竹村さん」

と、こわごわ様子を見ている風だった。折からの暑さにやられたか、変な新興宗教にはいったか、といった不審そうな顔つきで、みんなが竹村氏の顔を見ていた。

僕はそれを見てゲラゲラ笑い転げたが、一方では少しガッカリした気持ちもあった。そのガッカリさの感じというのは、アブドラ・ザ・ブッチャーがＣＦに出たのを見たときや、上田馬之助が陰で慈善事業に寄付しているという話を聞いてしまったときのガッカリさに似ている。やはり竹村健一には「憎たらしい奴」でいてほしかったわけである。これはおそらく竹村健一の「油断」だろう。魔がさして、自分の作り上げたキャラクター以外の側面をポロッと見せてしまったのである。せっかく憎たらしがってやろうと思って見ているのに、ご先祖さまをうやまう話をされては嫌う気にもなれない。それでガッカリしてしまったのだ。

仕事でよく対談などがある。そのときに、なるべく嫌いな人と会うのは断るように

している。これは別に「嫌いだから」ということではなくて、「嫌いでいたいから」なのだ。マスコミに出ている人はたいていアクが強い。ただ、ほんとうにイヤな奴というのはあまりいなくて、たいていはその人が「ヤな奴人気」を見込んで、自分で作り上げたアクである。だから、さぞイヤな奴だろうと期待して行くとずいぶんガッカリすることが多い。イヤな奴どころか、とても気配りの行き届いた好人物であったりする。二言三言話してみるとそういうことはわかるので、一転してその人が好きになってしまったりする。自分のリストの中から、嫌いな奴がその瞬間に一人減ってしまうわけで、これは困る。「嫌いな奴」には嫌いな奴のままでいてもらわないと困るのである。だからなるべく会わずにすませたい。

たとえば一杯飲み屋に行くと、サラリーマンの話題というのはほとんど上司の悪口である。人間の場合、愛情というものも大きなパワーの素ではあるが、憎しみというのも活動力の素になる。そういう意味で「イヤな奴」だの「悪役」だのは人間にとってたいへん重要な存在なのだ。だから悪役の本性に深く立ち入ったりするのは愚の骨頂で、悪い奴というのは少し離れて遠巻きにして石を投げているうちが華だ。

わるいおクスリ

世界というものは、混沌としていてグチャグチャにからまりあっていて、まことに始末に終えないものだ。そんな中にあって、人間はしばしば二元論の明快さの誘惑に負けて、その罠の中におちいってしまう。光と影、正と負、善と悪といった二元論を解剖刀にして、世界をきれいさっぱりと解析してみせたがる。この傾向はことに西洋人のほうに強い。東洋人には、混沌を混沌として受け入れる、ある種の〝能力〟があるが、西洋人にはその態度は現実世界に対する敗北主義に映ってしまうのだ。しかし、西洋的論理で解析された世界の中には真実はない。二元論は明快であればあるだけ、その分、世界の実相のほとんどすべてを取りこぼしてしまう。そうしたことから起こる弊害の大きさが、人間の歴史を狂わせてきたとも言える。たとえば、人間を善

悪の二元論で割りきるという考え方だ。そこには人間の実相はかけらもない。戦争中、日本人は西欧人を「鬼畜米英」と呼び、アジア人は日本人を「東洋鬼」と呼んで憎んだ。戦後になるとこれが一転して、アメリカ人のオープンさや自由さ、豊かさ、ウイット、それらの全てが日本人の憧れの的になった。しかし、そのどこにも、人間を善と悪に二極分解する行為のどこにも真実はない。人間はただ人間として在るだけで、その中に茫漠とした混沌を抱いて揺らいでいるだけの存在なのだ。

二元論に頼りたがる人間は、ときとして「物質」にまで善悪を背負わせたりする。たとえば、「善玉コレステロール」と「悪玉コレステロール」といった名づけ方だ。しかし、これは人間の得手勝手な解釈であって、もちろんのこと物や物理現象それ自体に善悪などありはしない。人間のストレス反応などは、悪玉の代表のように言われているが、ストレスというのは人間に不可欠のものなのだ。恐怖や怒りを覚えたときに、サッと体が反応する、これがストレスなのであって、これがもしなければ人間は危機的状況に対応できなくなって、死ぬしかない。

また、塩分なども成人病の元凶のように言われるが、これも無ければ人間は死ぬ。つまり、当たり前のことだが、物には善も悪もない。それに対する人間の態度、過剰や欠乏を放っておくところに「悪」というものがたちあらわれてくるのだ。

こうしたことの一番顕著な例が、酒やドラッグに対する我々の感情だろう。酒に対しては、我々は長い歴史的関わりを持っているから、比較的正しい認識を持っている。酒そのものをさして、善だの悪だのという人はあまりいない。「百薬の長」になるか「きちがい水」になるかは飲み手次第、問題は酒の方にはなくて人間の方にある、という認識を、我々は持っている。ところがドラッグに関しては、日本人はいまだに「鬼畜米英」と言っていた頃の認識にとどまっている。子供の頃から、「恐るべき麻薬のとりこになった○○は、廃人同様のありさまになって……」といった表現で我々は洗脳されてきた。「人間やめますか」といったコピーも、我々がただの「物」であるドラッグに、善悪の概念を背負わせるという非常に幼稚な段階にあることを証明している。

もちろん、問題はドラッグの方にはなく、人間の精神の側にある。この関係は、酒やコーヒーや煙草や塩やストレスやジョギングやギャンブルや、その他あらゆる人間の受け入れるもの、そしてそれに対する人間の態度、この構図とまったく同じである。適量であれば薬になるが、過剰であれば毒になる。ときには死に至ることもある。構図は全く同じなのだが、決定的に事実を歪ませているのは、個人の領域のものを、国家が禁止している、ということである。あまつさえ、毎年大量の「犯罪者」、自分の健康以外の何ものにも害を及ぼしていない、不思議な「犯罪者」を大量生産している。それに、禁止することによって、結果的に暴力団を肥え太らせている、という愚行をも犯している。

昔、アル中になって死にかけた咄家が、こう言った。

「酒の悪口を言わないでくれ。悪いのは俺だ」

酒ならぬドラッグの場合、悪いのはドラッグでも個人でもなく、国家と法律が最大の「悪」だということになる。

「悪監」について

昔、僕はイタリア製西部劇のマニアだった。中学生だった僕は、いつも日曜になると、チャリンコをこいで尼崎市内の映画館をハシゴして、日に六本もの洋画を見ることもあった。その頃はおりしもマカロニ・ウエスタンの大ブームだったので、日本で公開されたものはほとんど見たと思う。何がそんなに気にいったのかというと、マカロニ・ウエスタンというのが基本的にピカレスク・ロマンだったからだろう。『荒野の用心棒』のクリント・イーストウッドにしても「ジャンゴ」のフランコ・ネロにしても、賞金かせぎのならず者である。金のためならへっちゃらで悪事を働く。そういうダーティなところが面白かったのである。中には『情無用のジャンゴ』のように、白人がインディアンの頭の皮をはいでしまうような、ムチャクチャなところまでいっ

てしまったピカレスクもあったが、これとて構造は同じだ。主人公のトーマス・ミリアンはおたずね者の犯罪者だが、いえば小悪党である。それよりももっと悪虐な一味がいて、こいつらと闘うわけである。「小悪」が「大悪」を倒す、というのがこのマカロニ・ウエスタンの基本の構図である。

ところが、ただ一本だけこの構図から大きく離れたピカレスクがあって、そのために今だに強烈に覚えている一本がある。邦題『殺しが静かにやって来る』というのがそれで、原題は『グレート・サイレンス』という映画だ。主人公はジョン・フィリップ・ロウで、悪役はクラウス・キンスキー。安物ぞろいのマカロニの中では、これはA級のキャスティングだろう。

主人公はタイトル通りの『グレート・サイレンス』と呼ばれる賞金かせぎである。口がきけないために、こういう仇名《あだな》がついたのだ。まだ幼い頃に、クラウス・キンスキー扮する盗賊が家に押し入り、両親を惨殺。本人はのどぶえをナイフでえぐられてしまう。そのために口をきけなくなった彼は、ただ復讐のためだけにピストルの腕をみがき、やがて凄腕のガンマンに成長するのである。

雪のしんしんと降りつもる山中のさびれた町に、ある日、この「グレート・サイレンス」がやってくる。仇《かたき》の噂を追い求めてやってきたのだ。さっそく街の酒場で、目にもとまらぬ早射ちでならず者の何人かを倒す。このあたり、黒澤明の『用心棒』だの『座頭市』だのを思わせる。荒涼として凄味のある冒頭シーンである。この手の話にはお決まりのパターンがあって、主人公は必ず一度敵につかまってムチャクチャに拷問され、肉体的なハンディをつけることになっている。悪条件の中での奇蹟的巻き返しがあるから、客は余計に大きなカタルシスを味わえるのである。

この作品でも例にもれず、男は仇敵のクラウス・キンスキーにつかまって、両手をつぶされてしまう。両手が使えないという絶望的状況の中で、ついに最後の決闘が始まるのである。雪に閉ざされた一軒宿の中で酒を飲んでいるクラウス・キンスキー。ふりしきる雪を踏みしめて、宿の表に立った主人公。仇の名を呼ぶ。仇が出てくる。銃声がとどろく。やった！　主人公の脳天にぽっかり穴が！

ん？　ん？　何だ、これは。

主人公をなぶり殺しにしたクラウス・キンスキーは、高笑いを残して馬で去って行く。この映画はこれで終わってしまうのである。ほんとうに、何のフォローもなく終わってしまうのである。

僕はこれをロードショーの映画館で見た。帰りぎわに、お客さんの様子をじっと観察していた。みんな、不可解でくやしそうな顔をして、しきりに首をひねりながら帰っていった。

この映画の監督というのは、いったい何を考えてこんなものを作ったのだろう。この後味の悪さ。単に客を裏切って不快感を与えるために作ったとしか思えないのだ。そこまで考えてわかったのだが、あの映画は映画史上ただ一本の「監督が悪者」のピカレスク・ロマンだったのである。

マカロニ悪役の謎

メキシコ人の悪役といえばこの人
フェルナンド・サンチョ。愛敬のあるおじさんなのに、いっつも最後に殺されてた。

さっ、おあやや読者におあやまりなさい。というわけでまずはお詫びである。前回、『殺しが静かにやって来る』のグレート・サイレンス役をジョン・フィリップ・ロウだと書いたが、何人かの読者からご指摘をいただいたとおり、これは誤り。正解は、ジャン・ルイ・トランティニアンである。実は書くときにずいぶん迷ったんである。ジョン・フィリップ・ロウもマカロニ・ウエスタンに出ているのだ。どちらも「へえ、こんな役者が」と驚いた記憶があったので、どれがどれだかわからなくなってしまったのだ。セルジオ・コルブッチ監督、ジャン・ルイ・トランティニアン、クラウス・キンスキー主演というのが正解でした。しかし、読者の中にもこういうことを知っていて、ちゃんと指摘してくれる人がいるということは、何だかとてもうれしい。うれしいついでに駄弁を弄すると、マカロニ・ウエスタンには「えっ、この人がどうして」というような人間がいっぱいいろんな作品に登場している。そもそもきっかけになったクリント・イーストウッドをイタリアに連れてきて主演させた、というところからして毛色が変わっているのだが。クリント・イーストウッドは『ローハイド』の後、ずっと鳴かず飛ばずでくすぶっていたのを、イタリア人はいいところに目をつけたものだ。

マカロニの仇役といえばリー・バン・クリーフだが、この人もアメリカのウエスタンではずっとクセのある悪役を演じていた人である。ゲーリー・クーパーの『真昼の決闘』では、街に乗り込んでくる無法者の一人の役でリー・バン・クリーフの若い頃の姿が見られる。

大物役者でいくと、『ウエスタン』という、イタリア西部劇の中では大作にはいる作品に、チャールズ・ブロンソンとヘンリー・フォンダが出ている。面白いのは、この映画ではあのヘンリー・フォンダが冷酷非情な極めつけの悪役で出ていることだ。

個性派の役者では先に述べたとおり『暗殺の森』のあのジャン・ルイ・トランティニアン、それに天使役が強烈だったジョン・フィリップ・ロウ。『続・夕陽のガンマン』のイーライ・ウォーラックなんかも面白いチョイスだ。

日本人でただ一人マカロニに挑戦したのは仲代達矢である。『野獣暁に死す』という、実にしょうむない作品だったが、蛮刀を持った盗賊の首領に扮した仲代達矢だけは強烈なインパクトを与えていた。目をひんむいた、無機的でしかもどこか哀し気な仲代の顔は、『御用金』などのいかにも荒涼とした時代劇やマカロニ・ウエスタンの中では、とてもよく映《は》える。そういえば仲代のビックリ顔は、フランコ・ネロの持つ空虚な哀愁に通じるものがある。

ところで、アイデア盗みというのはマカロニの得意技で、『荒野の用心棒』はもちろんクロサワの『用心棒』のパクリである。それに味を占めたか、『座頭市』をそのままパクった『盲目ガンマン』という作品があった。これは座頭市のあの垢じみた、風の吹きすさぶような世界を雰囲気までうまくそのまま盗んで、なかなかの秀作だった。この映画に、なんとリンゴ・スターが出ているのである。役は悪人一味の首領兄弟のバカな次男坊という役。洞窟の中に干してある女のパンツに気を奪われているスキに射ち殺されてしまうというトンマな役だった。天下のリンゴが、どういうコネであのマカロニ・ウエスタンに出たのか、いまだに謎である。

謎といえば、劇場公開もされなかったくらいの駄作で『新・荒野の用心棒』というのがある。ウィリアム・ボガート主演なのだが、どうしようもない作品だった。この映画に、なんとパゾリーニ監督が出ているのだ。盗賊におびやかされて村をすてる農民たちの長老の役なのだが、その流民の村人たちというのが彼の映画でいうおなじみの役者たち、「パゾリーニ一家」なのである。シャレで出たのだろうが、それにしてもなぜ？　ホモで有名なパゾリーニのことだから、その辺の愛情のしがらみであったのかもしれない。

そんなわけでB級マカロニのパンフを持っている人がいたら、ぜひ私に下さい。

サギの話

詐欺というのは、犯罪にはいらないのではないか、と大胆なことを考えてしまうことがある。片一方に手品や奇術といった技術があってその対極に暴力犯罪というものがあるならば、詐欺というのは限りなくそのふたつの融和点に近いところにある。そして、まさにその融和点のま上に位置するのが、見世物小屋や香具師《やし》の叩き売りなどだろう。

見世物小屋で「九尺の大イタチ」とあるのではいったら九尺の板に血がついていて「九尺の大板血」。木戸銭を取った以上、これは詐欺にはちがいないが、お上に訴える人はいない。

あるいは本の叩き売りで、「電気なくして明るく暮らす法」。開くと「夜明けを待

て」。「釜なくして米の炊ける方法」。開くと「鍋で炊け」。

これなども、固苦しいことを言えば詐欺である。しかし、これで怒る人がいないのは、そこに技術や知恵が介在しているからだろう。「だまされ代」あるいは「技術観賞料」として過不足のない金額であれば、それは犯罪にならないというところが面白い。技術や演技力は同じであっても、授業料が高過ぎる場合、初めて詐欺が犯罪にまで「出世」するわけである。

僕はこの手の「サギもの」の映画や小説が大好きなのだが、めったにお目にかからないのは、作るのがかなりむずかしいからだろう。『スティング』は詐欺ものの傑作だが、あれだけヒットしたわりには類似作品が続出しないのはそのせいだろう。

昔々の日本映画で、森繁久彌の若い頃の作品に素敵に面白い詐欺師ものがあったのだが、いかんせんタイトルを忘れてしまった。

小説ではカーター・フランシスという人に何本か傑作の詐欺ミステリーがある。これも少年の頃に貸本屋で借りて読んだので、タイトルを失念してしまった。

「黄金の七人」シリーズなども、ある部分は詐欺ものに近いのだけれど、あれはやはり「泥棒もの」のジャンルに入れるべきなのだろう。

詐欺師ものが少ないというのは、巧妙なペテンを考えつくのに非常な労力がいるるからで、しかも作品として成立させるためにはこのペテンが一度は破たん寸前の危機におちいらねばならない。こういうストーリーを組むのにはある種の精密さを持った頭脳が必要なのである。そしてその種の頭脳の持ち主は、小説家によりも、圧倒的に、弁護士や現実の詐欺師の方に多い。つまり詐欺のネタというのは楽譜のようなもので、現実に演奏され、作動させるためのものなのである。詐欺師小説よりも現実の詐欺の方がはるかに多いのは、つまりそういうことだ。

現実の詐欺で数が多く、はた目で見てもおもしろいのはやはり「かごぬけ詐欺」というやつだろう。これはたとえば、ペアの中年詐欺師が、大金持ちのふりをして、一流ホテルのロビーに宝石商を呼びつける。何百万円の指輪を出させて、いろいろ吟味しているうちに、妻の方が「気分が悪くなったので部屋に帰って休んでいる」と言って席を外す。夫の方はそのまま商談を続け、高価なダイヤをふたつ選び、このうちのどちらかを買うので、妻に選ばせる、と言って宝石屋を待たせたまま席を立つ。もちろんそのままドロンするのである。

この「かごぬけ詐欺」は、大昔からある基本的な詐欺なのだが、一にも二にも事の成否が演技力にかかっているところが面白い。この際の演技力というのは、いわゆる役者が評価される際の演技力とはまったく異質なものにちがいない。

かごぬけの大がかりなものでは、たとえば空家を一軒、まるごと舞台に使って、召し使い役や女中役をたくさん用いて大金持ちを演じる、というようなものもある。だまされた人が次の日行ってみると、昨日の豪邸はガランとした空家になっている。『聊斎志異《りょうさいしい》』にもこの手の話が出てくるので、大昔からある詐欺なのだろう。

だまされた人はそれこそ「狐につままれた」ような思いになるにちがいない。狐狸妖怪や幽霊話の多くは、詐欺師の出没に端を発しているのかもしれない。

偽ものを偽ものだと言うには勇気がいる

ホルヘ・ルイス・ボルヘスの『悪党列伝』に、奇妙な詐欺師の話がのっている。

一八三四年にロンドンの下町で生まれたこのアーサー・オートンという男は、およそ通常の詐欺師が持っている資質をいっさい持っていなかった。でぶで頭が悪く、教養もない、つまりただの「でくのぼう」だったのである。

船乗りをしていたオートンは、一八六一年にオーストラリアで、エビニーザ・ボウグルという黒人召し使いとひょんなことから知り合いになる。この黒人は、「馬車にひかれて死ぬ」という強迫観念に常々悩まされており、シドニーの路上で金縛りのようになっていたのだった。目の前には人気のない道路があるだけなのだが、馬車がくるような気がして、こわくて渡れない。これを見ていたオートンが手を貸して、道路を渡らせてやった。

このノイローゼ気味の黒人とうすのろの肥満男は、互いを気に入って義兄弟の契りを結ぶ。どうも出来損ないのタッグではある。

ところで、この十年前の一八五一年、大西洋上で大きな海難事故があった。リオデジャネイロからリバプールへ向けて航行中の客船マーメイド号が沈没したのである。死者の中に、英国の名家の子息、ロジャ・チャールズ・ティチボーンがいた。死体は発見されなかった。

母親のティチボーン夫人は、息子の死を頑として信じようとせず、世界中の新聞に広告を出して息子探しを続けていた。記憶を喪失した息子が、どこかの空の下で生きているものと信じることが夫人の生きる力になっていたのだろう。

この広告に目をつけたのがボウグルだった。オートンを、夫人の息子に仕立て上げようというのだ。普通ならこんな考えを実行する人間はいない。というのは、オートンとロジャ・チャールズ・ティチボーンは、およそ似ても似つかない人間だからだ。

ティチボーンは英国上流社会の教養と身のこなしを完璧に身につけた紳士だった。おまけにフランス育ちで、パリなまりの英語を話し、フランス風のウイットと知性を持っていた。ほっそりとした体つきで、黒い髪、彫りの深い顔立ちだった。

それに対してオートンはどうか。ロンドンの貧民窟生まれで文字もろくに読めないのだ。目も当てられない肥満体の上に、髪は茶色で目鼻立ちも造りが道楽。フランス語どころか、英語もきちんとはしゃべれない。

普通なら諦めるところを、ボウグルは逆の考え方をした。似ても似つかないからかえっていいのだ、と。「別人のように変わりはてた」姿だからこそ、そこにリアリティが生まれる。詐欺師なら、こんなに似ていない人間を代役に立てるわけがない、誰もがそう考えるだろうというのがボウグルの読みだった。失踪から十年の歳月がたっている。息子の生存を信じる夫人の中で記憶はぼやけ、希望だけが肥大している。そうしたことが夫人の判断力に目かくしをしてくれるに違いない。

ボウグルは、夫人あてに手紙を書いた。本人である証拠として、「本人の左乳首近くにホクロがふたつある。子供の頃、雀蜂の群れに襲われて恐かった、と述べている」。この二点をあげた。

夫人はそれに心あたりはなかったが、何度も手紙を読み返すうちに、たしかにそういうこともあったような気がしてきた。

ついに一八六七年の一月、英国にやってきた「変わり果てた息子」を夫人は力一杯抱きしめ、感涙にむせたのだった。

夫人はその三年後に亡くなる。

遺産は当然息子に……となると、今まで黙っていた親族が、もう放ってはおけないと訴訟を起こした。みんな常々首をかしげていたのである。どこをどうとって見ても、オートンは「別人」以外の何者でもなかったからだ。

親族はオートンを「偽もの」だとして告訴した。

ところが裁判はもつれにもつれるのである。まず、オートン側の強い味方になったのは、たくさんの債権者たちだった。彼らはティチボーン家に多額の貸し付けをしていたのである。偽ものであろうがなかろうが、相続がオートンにいかずに財産が分散してしまってはとりたてようがなくなる。

腕ききの弁護士もついていた。

策士のボウグルは、世論を味方につけることも考えた。彼は、「イエズス会神父がウドロン」の名で、オートンはいかさま師だ、という内容の投書を作り、タイムズ誌に送った。カトリックとイエズス会の敵対を利用したのである。イエズス会神父の投書を見たカトリック教徒たちは、すべてオートン支持の側にまわって反論した。

百九十日続いた裁判の中で、こうして百人近い証言者が、オートンをティチボーン本人にまちがいない、と明言した。さらに彼らの論拠となったのは、「もし彼が偽ものなら、せめて少しでもティチボーンの姿に似せようとしたはずだ」ということと、なによりも故ティチボーン夫人が彼を息子だと認めたことだった。実の母親が、自分の息子と別人を見まちがうはずがない、と誰もが言った。

しかし、好事魔多し。もう少しでうまくいくというときに、参謀のボウグルが死んだ。かつてのノイローゼのもととなっていたイメージは、妄想ではなかった。彼は突っ込んできた馬車にはねられて死んだのである。

残されたオートンは、まさにただのでくのぼうだった。証言はぐらつき、矛盾だらけになり、ついにオートンは有罪判決を受ける。

詐欺話はたいてい面白いものだが、中でもこの偽息子の事件は傑作だ。みんな「何かおかしい」と感じてはいたのだ。「何か」というより、「全部」おかしい。どう見てもまったくの別人なのである。しかし彼らはおのれの判断力よりも「世の中にそんな非常識をやる人間がいるはずがない」という通念の方を選んだ。誰も彼らを笑う資格はない。

マスコミで紹介された店でまずいものを食わされても〝うまい〟と叫んでしまうグルメたちは、もう一度この文を読み直したまえ。

赤本と民話

リリパット・アーミーの何回目かの公演の前だった。予約受け付けをしていた僕の事務所に、ある中学生の男の子から問い合わせの電話がかかってきた。自分は中学三年生なのだが、リリパット・アーミーの芝居を見てみたい。中学生が見てもいいような内容だろうか、と尋ねてきたのである。

僕はのけぞって驚いた。そして暗然とした。

この子は、ではうちの事務所が、〝この芝居は中学生には刺激がきついです〟と答えたら来ないつもりなのだ。そんなに聞きわけのいいことでどうするつもりなのだろう。見てはいけないと言われるからこそ、丸坊主頭にハンチングをかぶって、つけひげをつけて見にいく、それが普通の男の子ではなかったのか。

僕が子供の頃、小学館とかのいわゆる「良識ある」出版社が出している子供向けの本には、きまって「父兄の皆さまへ」というメッセージがついていた。

「最近、子供向けの出版物、ことに貸本屋用のマンガなどに、いわゆる〝赤本〟と呼ばれる、低俗で残酷なものが出まわっています。こういう本は、育ち盛りの子供の情緒面に悪影響を与えます。その手の本に注意し、子供に与えるなら弊社出版物のような、教育者の監修にもとづいたものにしてください」

と、こんなようなことが書いてあった。

これを見た僕は、すぐに貸本屋へ「赤本」を借りに走ったものだ。その「赤本」なるものがつまり白土三平の『忍者武芸帳』や、平田弘史の『武士道残酷物語』、さいとうたかおや佐藤まさあきの『影』『街』などだったわけだ。

それに僕は、山田風太郎の忍法帖シリーズなども全巻貸本屋で借りて読んだ。

それらの「赤本」の面白さたるや、脳みそがはじけとぶような気がするくらいだった。

今でもこうした赤本の影響は、僕の中で核をなしている。低俗ではなくて反俗、高まいさを求めるのではなくてエンターテインメントを、ヒューマニズムよりはニヒリズムを、涙よりは笑いをと、今の自分の中核にあるのは「子供が見てはいけない」赤本をむさぼり読んだおかげで得たものだ。

そんな人間がやっている芝居に対して、「中学生ですが見てもいいですか」とは何ごとだと言いたい。

これはおそらく、教育が「掟破り」の芽を摘むのに血まなこになっていることの「成果」だろう。徹底した管理主義によって、学校は「羊製造工場」になっている。その一方では管理に破たんをきたした学校では、生徒の暴力を恐れて、校長が「登校拒否」におちいったりしている。

小学校では運動会でも騎馬戦だのの「暴力的な」ゲームを取りやめ、徒競走の結果にさえ順番をつけない。勉強にしてもしかり。「一番」も「ビリ」ももはや存在しないのだ。

もっとさかのぼっていけば、幼児用の童話やおとぎ話は、ここ数十年ですべて書きかえられている。「残酷な」シーンは削られ、「無惨な」結果はハッピーエンドにすり変えられている。わるいものは必ず改心する。〝おそれ入谷《いりや》の鬼子母神〟とはまさにこのことだ。とにかく何が何でも改心するのである。

中には『ちびくろサンボ』のように話ごと消滅してしまうものもある。『アンクル・トム』も『ハックルベリー・フィン』も『ガリバー旅行記』もいまや「悪書」とみられているのだ。アンクル・トムは黒人差別、ハックルベリーは少年の野卑な言葉が問題で、ガリバーはリリパット王国の小人が問題なのだ。そのわりには「桃太郎」の覇権侵略主義がやり玉にあげられないのはなぜだろう。

言うまでもなく、民話やおとぎ話は本来不条理なまでに残酷なものなのである。カチカチ山の狸などは本当は婆さんを殺して食べてしまう、人食い狸なのだ。民話はその発生時は非常に「赤本的」なものだったといえる。

そういうものをすべて消毒して、「平等」を重んじ、「従順」に育てた子供が先に述べた中学生のようないい子ちゃんになるのだろう。

そして最終的に彼らが放り込まれるのが、昔も今も変わらない、問答無用の競争社会、弱肉強食の世の中なのだ。赤本よりそのほうがよっぽど残酷な話である。

イドの怪物

今年の初め、たしか大雪の降る日だったかに出演した『田村昇エイド』が、最近やっと放映されたらしい。

これはえのきどいちろうさんが企画したテレビ特番で、孤高の映像作家田村昇氏をみんなで援助しよう、というエイド番組である。

田村昇氏は六〇年代のマイナーシーンを疾走した天才映像作家で、その後インド放浪の時期を経て、『ぬぴゅ』『ひょむら』『あぴゅる』などの超前衛ギャグ映画を撮った。

ただアートシーンからは、一部のシンパをのぞいては完全に無視され続けた。

八〇年代にはいってからは精神病院とシャバを行ったり来たりの生活で、最近は重

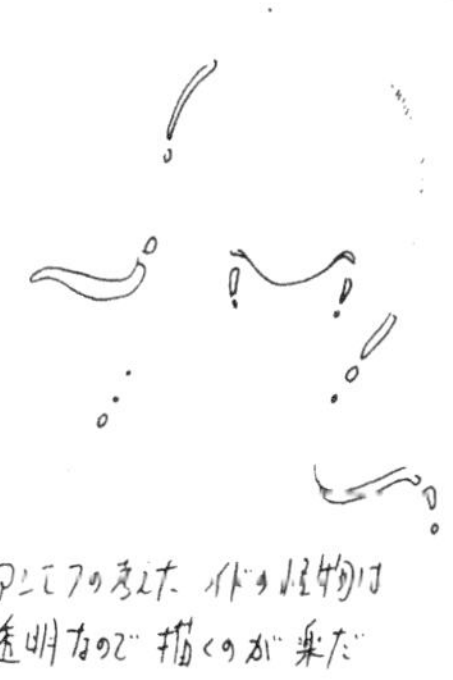

症の内臓疾患のため病床に伏している。

田村氏の窮状を救うため、この番組には、古くからの知人である遠藤賢司、ケラ、えのきど氏、筆者などが無料で出演した。

もちろん、実を言えばこの田村昇なんて人はいない。

えのきど氏の考えた、まったく架空の人物である。そのいない人物に対して人物像を語っていくのだから、そりゃあ面白かった。

昨日会った某局のディレクターにも、

「あれは面白かったですねえ」

と言われた。それでその話をしているうちに相手が絶句してしまった。

「え、じゃあの田村昇って人はいないんですか。全部嘘だったんですか」

彼は今の今まで、コロッとだまされていたのである。もちろん番組では最後までネタばらしはしなかったから、そのまま信じ込んでいる人はけっこう多いのかもしれない。

それにひょっとすると、あの番組を見ていて、

「ああ、田村なあ。俺も一時注目してたんだけどねえ」

なんてことを言ってしまったりした人もいたかもしれない。すると、そいつの人格

は、バレた後でまわりからどう見られるであろうか。それを考えると、えのさどいちろうも悪い奴である。

この番組の企画書を見たとき、僕は少し驚いた。世の中には似たようなことを同時に考えている人がいるもんだな、という驚きだった。ちょうどそのときの僕は、劇団売名行為のこの前の公演『こどもの一生』の構想を練っていたところだったからである。

『こどもの一生』はこの田村昇と実によく似た発想で作られたホラー劇だ。田村昇のかわりに「山田一郎」という人物が登場する。

これは四人の子供が、一人のいじめっ子をシカトするために作り上げた架空の人物である。四人が共通の話題である「山田のおじさん」の話ばかりするので、いじめっ子は孤立してしまう。ヤケクソになったいじめっ子が「山田のおじさんなんて人殺しじゃないか」と言ったとたん、当の山田のおじさんが出現してしまうのである。田村昇とちがってこの場合、山田のおじさんはほんとに出てきてしまうのだ。念が凝って実体化したような存在だと言えば近いかもしれない。しかも「人殺し」なんである。

この、架空の人物を作って一人だけをシカトする遊びは、僕たちのまわりで一時流行っていた。ただ、恐くなってやめたのである。万一、シカトされた本人が、「ああ、その人なら俺も知ってる」

と言い出した場合、シャレではすまなくなるからだ。

この「シカト遊び」に、いくつかのホラー映画の影響が重なって、「山田のおじさん」が誕生した。クローネンバーグの『ブルード』、イザベル・アジャーニの出ていた『ポゼッション』『ペーパーハウス』などである。

『ブルード』は夫の不実に対する妻の怒りと憎しみの感情が実体化して「子供」が増えていく、という話。『ポゼッション』の場合は、歪曲したリビドーが性的なモンスターを生む。『ペーパーハウス』では少女の夢想が「狂った父親」を実体化させる。

この手の源流にはタルコフスキーの『惑星ソラリス』あるいは「イドの怪物」が出てくる『禁断の惑星』などがある。

フロイト以前には存在し得なかった、二十世紀的なホラーヒーローだと言える。

殺人犯の心理

「イマーゴ」（青土社）という心理学関係の雑誌がなかなか面白くて、この前バックナンバーを全部取り寄せた。

この中の連載のひとつ、福島章氏の「ヒトは狩人だった」は、僕には興味深い論文だ。現代の殺人や傷害犯罪を人間の狩猟本能の側面から照射してみるという論文である。筆者は臨床医としての立場で、さまざまな殺人犯に面接して精神分析を行なっているので、その視線はダイレクトでリアルである。

正直言って、僕は犯罪に対する「識者のコメント」といった類のものにウンザリしていたので、余計にこの連載が面白く感じられるのだろう。やれ「核家族化の歪み」だの「コンピュータ世代の非現実感覚」だのの、紋切り型の「うがった」意見にはへきえきする。

ところで、この連載の二回目に、ものすごい症例がいきなり登場する。「一家五人惨殺事件」の犯人の実例である。筆者は歯に衣を着せない現場サイドのドクターだが、さすがに詳細の描写を一部割愛しているほどの、むごたらしい事件だ。

この殺人者Mは四十代の不動産鑑定士である。犯行の動機は「立ち退き問題」だった。

職業柄Mは不動産売買の情報に一番近いところにいる。Mは常々、将来のための資金獲得をねらい、不動産で一山あてたいと考えていた。

そんなときに、裁判所の差し押さえ物件で、買い得な家が一軒売りに出されたのを情報としてキャッチした。Mは全財産をはたいてその家を買う。買ってすぐに転売先を確保した。転がして利ざやをかせぐ腹だったのである。

ところがその家にS一家という住人がいた。もともとこの家は、H氏という企業家の持ちもので、そこに娘夫婦であるS一家を住まわせていたのだ。H氏が破産したためにこの家が差し押さえられたわけである。

Mは当然S一家に早く立ち退くようにと再三の談判に行った。だがS一家(夫婦に子供四人の六人家族)は言を左右にしてズルズル居すわり続ける。

Mはついに裁判闘争に持ち込んだが、むこうも弁護士を立ててくるので、長期戦になりそうだった。すでに転売先も決まっているし、Mは全財産をはたいてしまっているのだ。

そこにきて、S家の主人が〝告訴を取り下げてくれたらすぐに出ていく〟という条件を出してきた。

Mは告訴を取り下げた。

ところがいつまでたってもS一家は出ていかないのだ。談判にきたMに、S家の主人は、「あとのことはヤクザにまかせてあるから」という一言を放った。

この一言でMはついに殺人を決意してしまったのである。ヤクザにねらわれて逆に先に命をとられるかもしれないとMは思った。その恐怖が、Mに〝殺るか殺られるかだ〟の強迫観念を抱かせてしまったのだ。

犯行当日、Mは完璧な殺人の準備を整えて、車でS家に向かった。金ヅチ、マサカリなどの殺人用具。死体を入れるためのビニール袋多数。それに死体を処理するための「挽き肉機」までが車に積まれていた。

MはS家に行くと、まず出てきたS夫人を金ヅチで殴り殺し、それにすがる一歳の男の子、六つの女の子をそれぞれ撲殺した。次に遅れて学校から帰ってきた九つの女の子を絞殺。すべての死体を風呂場へ運び、血まみれの衣服を脱がせて洗濯機にかけた。そして夜になって帰ってきた主人のS氏をマサカリで叩き殺した。

唯一助かったのは、林間学校に行って留守だった長女一人だけである。

Mはその後、予定通り死体の「処理」にかかった。詳しくは書かない。

Mはその処理の途中で疲れて眠ってしまった。S家の親戚が、いくら電話をしても出てこないのを不審に思い、通報したために、Mは翌日、踏み込んだ警察に逮捕された。

えげつない事件だが、後日の心理分析でのMの答えは興味深い。子供を殺すときにも、Mは憐れみのようなものは全く感じられなかったらしい。ことに男の子に対しては、〝こいつが大きくなったら俺を殺しにくる〟という敵意が大きかったという。つまりMは戦国時代のような「戦争」の中にいたのだ。たった一人で多勢の「敵」を殺し終えたときには身ぶるいするような「成就感」を覚えたという。

我々は今でも戦争の中にいる。アメリカでの大量殺人の増加もこれを読めばわかる気がしてくる。

チャイニーズ・わるもの・ストーリー

リリパット・アーミー第十一回公演『壺中天奇聞――フローズン・フローラ』のけいこで日夜特訓中のわたくし。体中が筋肉痛で、うめきつつこの原稿をば書いとるのです。

今回の芝居は、前の『天外綺譚』に続く、「キョンシーホラー・カンフー・ギャグ・アクション芝居」である。当然のことに中国は唐の時代の悪党、魔人どもが続々登場する。

まず最初に出てくるのが三人のチンピラ。欄外虎《らんがいこ》、九条竜《くじょうりゅう》、覓貼児《べきちょうじ》。これは実際の唐の風俗を調べていて出てきた、当時のチンピラの呼び名である。欄外虎、九条竜というのは、道ばたでカツアゲやゆすりたかりをする小悪党のこと。覓貼児はスリのことを指す。

中国はさすがに古く大きな国で、わるものの系譜にも四千年の歴史がある。それも、長安や開封などの大都会が大昔から栄えていたから、犯罪も都市型の犯罪である。

ことに下水道の発達していた開封の街では、この広大で入り組んだ下水路を根城にする悪党どもが街に出没して、おおいに人民を苦しめたようだ。まるでドブネズミのように、追えば下水に逃げ込むので、官憲も捕らえようがなかったらしい。

この頃の犯罪で面白い記録は「人肉風呂屋」の一件だ。この風呂屋の主人はとんでもない奴で、客の裸を見て、肉づきのいい奴に目をつけるとこれを殺し、さばいて肉屋に売っていたのである。今でも、「女房が風呂に行ったまま帰ってこない」なんて情けない話はあるが、この唐の風呂屋の客は永久に帰ってこれない、「超長風呂」になるわけだ。

人肉なんてものが売れるのか、と思うが、大昔の中国では市場で堂々と人肉を売っていた。人肉は「双脚羊」、つまり二本足の羊と称されて、豚などといっしょに吊るされていたのである。

芝居の話にもどるが、先の三人のチンピラは、押し込んだ家の後家がつけている指輪に目をつける。巨大なルビーの指輪だ。それをまず奪おうとするのだが、指輪が指に食い込んでいてなかなか抜けない。気の短いチンピラは面倒臭くなって、「ええい、手首ごといただいちまおう」というので、後家の手首を切ろうとする。

ムチャクチャな奴だが、これは最近香港で実際に起こった話だ。

返還を目前にした香港は、最近日々に治安が悪くなっているらしい。今が最後のかせぎどきだ、というので悪党どもが捨て鉢になっているのだろう。外人の観光客で、五本の指に高価な指輪をつけていた婦人が、襲われて手首を切り取られたという。これから香港を旅行しようという方は、くれぐれも注意していただきたい。

さて、お芝居ではこの後、チンピラどもを一瞬にして切り殺してしまう、もっと悪い道士が登場する。

この道士は、葬儀屋とつるんで、死体を呪術でよみがえらせ、地下を掘る人夫がわりに使っている。死人が働くのだから元手がいらない。このあたりは、あのハーマー・フィルムの史上最低映画『吸血ゾンビ』のパクリである。

この悪道士がキョンシーに地下を掘らせているのは、埋まっているはずの「天地の壺」なるものを探すためである。

「天地の壺」には、宝物ならぬ、「殷の紂王」の邪悪の力が封じ込められている。

この殷の紂王というのは、実在した王様で中国の歴史の中でも、もっとも悪虐な王として知られている。一種のサディストだったようで、妊婦の腹を裂いて中の胎児の様子がどうなっているかを調べたり、灼《や》いた銅板の上で政治犯を歩かせて跳びはねるさまを楽しんだり、残虐の限りをつくした人物だったらしい。

つまり、この芝居では、出てくる順を追って悪のスケールが大きくなっていくわけで、まあいわば「ワルのピラミッド」みたいな構成になっている。

ゲロと拷問

幸いにもまだそういう目にあったことはないが、どうも僕は自分が「拷問」という奴にきわめて弱い人間のような気がする。想像力が過剰なのかもしれないが、歯医者に行くのさえ何だかんだ理屈をつけて逃げまわっているのである。そんな人間に対しては、いきなり拷問などする必要はないだろう。いまからこれこれこういうことをするぞ、と説明をしただけで、ペラペラ自白し始めるにちがいない。

ただ、ことが自分一人の罪であれば簡単にゲロするだろうが、守るべき共犯者がいた場合にはどうだろうか。想像力が、自分の仲間にふりかかる受難におよんだときには、僕のような人間でもある程度の抵抗はできるかもしれない。

昔、ロック界に大麻の手入れが行なわれたときに、イモヅル式に検挙されていく流れがジョー山中のところでピタリと止まったという。彼が口を割らなかったおかげで助かったロックミュージシャンは数知れないそうだ。いつの時代にもそうやって男を上げる人物はいる。

慶長十七年（一六一二年）に、当時の反体制分子であった「かぶき者」の一グループの首領、大鳥居逸兵衛という男が捕えられた。逸兵衛は自ら逸兵衛組というかぶき者の一団をひきいて、その団員は五百名を超えていたという。

罪状は、幕府の大物であった芝山権左衛門正次殺害に関するものだった。芝山の元につかえていた仲間のかぶき者が手討ちにされた、その報復のための殺害だった。逸兵衛組は互いに血判をかわし、仲間の災難に対しては、たとえ相手が自分の君父であっても立ち向かうことを誓約していたのだ。

捕えられた逸兵衛は、一味の名を白状させるべく、きびしい取り調べを受けた。火責め水責めの拷問にかけられた逸兵衛は、

「どうして体を責めて心を責めぬ」

と、ついに口を割らなかった。

そこで、拷問の中では一番むごいと言われている駿河問いという責めを与えたとこ

ろ、さすがの逸兵衛もついに自白を受け入れた。ただ、仲間の人数が多いので紙を百枚、帳面にして持ってこいという。逸兵衛が書き上げたものを見ると、百枚の帳面には、日本中の大名の名が書き連ねてあった。

逸兵衛はついに最後まで口を割らず、市中引き回しの上、はりつけになった。

「体を責めてなぜ心を責めぬ」

とはなかなかの名セリフではないか。

僕はこれを読んでいて、ついついあの奥崎謙三氏を思い出してしまった。ここ何十年かの間で、権力に対してみごとなタンカを切ってみせたのは、僕の知る限りでは氏一人である。

奥崎氏は昭和三十一年に不動産業者延原一男を殺し、懲役十年。満期出所した三年後の四十四年に、天皇をパチンコ玉で射ち、懲役一年六ヵ月。昭和五十一年、銀座松屋、渋谷西武、新宿丸井ヤングの屋上から、四千枚のビラをまいた。自著『宇宙人の聖書!?』の宣伝ビラだが、この裏には天皇一家が全裸で乱交しているポルノ写真が印刷されていた。

奥崎氏はこの一件で、東京地裁でワイセツ図画頒布の罪で懲役一年二ヵ月を宣告される。この席上、氏は裁判官に向かって、

「黙れ、ウジ虫！　神の法によって、俺は貴様らを無期懲役に処す」

と反判決を下した。

翌年、東京高裁における控訴第一審においては裁判長に向かって、

「貴様ら××××は俺の前でそんな高い所にいる資格はない。ここへ降りてきて土下座しろ」

とどなりつけ、検事二人の顔に唾を吐きかけた。

映画『ゆきゆきて神軍』は、こうした修羅場のあった五年後にクランクインされたものだ。

大鳥居逸兵衛のような、歴史のかなたの語り草ではなく、我々は奥崎氏と同じ空気を吸い同じ時代を生きている。我々の薄汚ない優柔不断を言い訳してくれる、時間のかすみのようなものは、どこにもないのだ。奥崎氏はたった今、熊本刑務所独居房の中にいる。

姿のない兵器

鶴見良行氏の大著『ナマコの眼』は、とてつもなく面白い本だが、なにせ五百頁以上もある本なので、半分くらい読んで力尽きたまま放ってある。

この中に、利権を求めて植民地支配に狂奔する白人たちの手口が描かれた部分がある。普通、植民地支配というと、原住民のゲリラ戦法と軍隊との武器による戦争みたいなことを連想するかもしれない。しかし、現実に侵略者が使う手口は、いつの世もそんな勇ましいものではないのである。彼等が一番ひんぱんに使う武器は銃や刀ではない。酒、麻薬、伝染病、以上三つが征圧のノウハウだ。

アメリカインディアンやイヌイット（エスキモー）は酒を持たない民族だったが、白人は彼等にまずウイスキーを与え、アル中にしておいて弱体化させた。アルコールによって支配したのである。オーストラリアのアボリジニーに対してもそれが使われた。

『ナマコの眼』からの孫引きになるが、伝染病を使う手口はもっと残忍で、目をおおうようなものがある。スペインが南洋群島を征圧した手口について、松江春次の文を引用してみる。

「西班牙《スペイン》は多数の宣教師を派遣して、熱心にキリスト教の布教に努めたのであるが、其の高圧政策は甚しく島民の反感を買ひ、当時の島民は今日の様な無気力なものではなかったので、各島に叛乱が勃発し、西班牙は之に対して、或は島民の大虐殺を行ひ、或は飲料水にペスト菌、チブス菌等を投じて島民の全滅を計り……殆んど非人道の限りを尽して報いたのである」

また、メキシコを征服したときのスペインは、反抗する住民の中に天然痘の黒人を送り込み、「三五〇〇万人」の人間を病死させた。

オーストラリアでは、原住民のアボリジニーを弱体化させるため、チブス患者が使っていた毛布をさかんに「プレゼント」したという。

『ナマコの眼』の中では、ジャック・ロンドンの「ヤア・ヤア・ヤア」という短編が紹介されている。これはロンドンがソロモン諸島で見聞した実話を基にして書かれている。

ウーロン環礁に住むカナカ人六千人を支配している、アル中のスコットランド人の話だそうだ。主人公はある日、カナカ人の老人から、白人がどうやって彼等を支配しているかの秘密を聞き出す。

「あの男、スコットランド人なんか埃みたいな奴だ。殺して食べてしまってもいい奴だ……ただあの男が白人だから怖いのだ。白人を殺すとひどい目にあう。カナカは魔神を思い出す。するともう殺せない」

魔神とは何か。

「今から二五年も前に五人の白人と四〇人ばかりの黒人水夫がスクーナー船でナマコ採りにやってきた。カナカは漁場を荒されたのを怒り、環礁に上ってテントを張っていた白人の一部分を襲って殺してしまった。……白人は鉄砲とダイナマイトを持っているのでとうとう敗けてしまい、二万五千人のカナカは三千人に減ってしまった。

（中略）

カナカは心底から後悔して何千度も頭に砂をかけて詫びた。船長は、それは結構だが、なお念のために〝万一白人に害を加えようなどと考えたときに思いだすよう、一つ魔神を送ろう〟といって、カナカの捕虜六人に魔神を背負わせて返した。

魔神とは疱瘡のことである」

こうして現地を支配した連中は、本国の新聞では英雄扱いされていたことだろう。

書くスペースがないが、日本人はこれ以上にむちゃくちゃなことをアジアの各地でやっている。戦時中の三光作戦や、生物兵器、毒ガス研究所などの資料はたくさん出ているので、一度はご覧になるといい。

長い連載の結論がこう当たり前では申し訳ないが、結局「わるもの」を突きつめていってたどりつくのは、戦争と侵略である。

近い将来に、宇宙人が地球に乗り込んできたとき、連中は自分たちが人に与えてきた苦痛をたっぷりと味わうことになるのではないか。因果はめぐる小車《おぐるま》の、だ。もっとも、支配者たちもそこは抜け目がなくて、地球を宇宙人にあけわたし、ＶＩＰだけが火星に移住する、という話も聞く。わるい奴らだ。

解説

本橋信宏（作家）

「この本、すごく面白かったよ」

いまから十六年前、高田馬場の仕事場で、一緒に仕事をしていた旧友が一冊の本を私に手渡した。

それが中島らも『今夜、すべてのバーで』だった。

旧友にアルコール依存症という魔物がひたひたと忍びより、当人はこれから自身に起きる破滅への道をこの本で予期していたのだろう。

有力なシナリオコンクールで入選を繰り返し、高名な映画評論家や監督と表彰式で肩を並べる旧友は、着慣れぬスーツで誇らしげに受賞記念写真におさまり、私は毎日飲んで不覚になる旧友に「この写真、壁に貼《は》っておけば、飲むのを控えるようになるだろう」と忠告してきた。

律儀に写真を貼って、節酒を誓う旧友だったが、酒量は増え続ける。

何度か行方不明になり、一週間後、ふらりと仕事場に舞い戻ってくるときは、決まって額《ひたい》から血を流していた。酔っぱらって電柱にぶつかったり、風俗店に入ったものの、酩酊の客ゆえに店員に殴られ、追い出された末の流血だった。

真夏のある日、旧友が一週間ぶりに仕事場に来たとき、後一歩で失明寸前だったと打ち明けた。

聞けば、エアコンのない自室で連続飲酒となり、トイレにも行けず、ただひたすら飲み続け、空いたワンカップに放尿し、その黄金色のワンカップを西日にあたる窓辺にずらりと並べていた結果、アンモニアが発酵し、室内に充満、両目をやられてしまったというのだ。

マンガのような本当の話だ。

「おかしいんだよなあ。一度飲み出すと止まらなくなっちゃうんだよなあ」

旧友はアルコール依存症の最も代表的な症状を体験していた。

この間、何度もアルコール依存症の治療目的でクリニックに飛び込み、私も付き添ったものだった。ぐでんぐでんに酔っぱらって、連続飲酒が止まらないときだったが、皮肉なもので、酩酊状態のとき病院は治療してくれない。しらふのときでないと、正確な症状がわからないので、治療ができない、というのだ。

しかし、しらふのときは、病院には行かないものだ。

旧友は、歌舞伎町で半裸状態になって暴れているところ、警邏《けいら》中の警察官たちに取り押さえられ、新宿警察署のトラ箱に隔離された。山椒魚のようにトラ箱の床に這いつくばり、よどんだ両目で暗がりを見つめている旧友を見ると、再起は不可能だろうと思わざるを得なかった。

この後、旧友はやっとアルコール依存症を治療しようという気になり、みずから開放病棟に入院した。

三ヵ月の治療期間を経て退院した。

仕事はすべて失い、友人も去り、残ったのは風俗店に通うためにサラ金から借りまくった五百万円以上の借金だった。

シナリオ作家の夢は弾け飛び、旧友は一からエロ本の原稿書きをやりだし、毎夕、アルコール依存症患者たちの自助グループ、ＡＡ（アルコホリック・アノニマス）に顔を出すことで、飲酒欲求と戦った。この会は、その日あったことを報告し、会員たちは言いっぱなし聞きっぱなしである。

この目で旧友の堕《お》ちていく様を目撃し、なんとか救出しようと手助けした私だったが、かくいう私もまた、睡眠薬漬けの日々だった。

依存症の人間がふたり、仕事場で机を並べていたわけだ。依存症というのは同病相憐れむ友人を捜したがるようで、私と友人はまさにともに堕ちてゆくふたりであった。

依存と依存症は似て非なるもので、依存は最近の精神医学でも、人間にとって必要なものであり、両親、友人、兄弟、恋人といった人間関係にある程度甘え、頼るのは、精神状態を良好に保つものとされ、独立心を言い過ぎるのも問題とされている。

その一方で、依存症は完全な病である。

これ以上摂取したり、やりすぎると精神的、肉体的に深刻な結果を及ぼす、とわかっていながら止めることができない状態を依存症と言う。

わかっちゃいるけどやめられない病だ。

依存症治療の基本に、「底を打つ」というキイワードがある。

心底酷い目にあって、これはまずい、と立ち直ろうと思うきっかけになったどん底の瞬間である。

依存症患者は底を打たないとなかなか止めることができない。旧友はトラ箱にぶち込まれてやっと底を打った。

私も何度もラリってあちこち電話をして恥をかいたり、車を運転して、あちこちに突っ込んで、これ以上やってると命にかかわる、と思ったことが、底を打ったときであった。

さて、中島らもはどうだったか。

らもさんが底を打ったのは、少なくとも二回あった。

一度目は、アルコール依存症で内臓をやられ、入院したとき。

二度目は、大麻取締法違反で逮捕されたとき。

最深のどん底である。

普通、ここまで深く底を打つと、人間、抜け出そうとするものだ。

ところが、『今夜、すべてのバーで』を読むと、アルコールと縁を切る意志は感じられず、文庫版巻末で山田風太郎氏との対談では、「お医者さんに怒られながら、けっこう、がんがん飲んでいます（笑）」とまで告白している。

大麻にいたっては、捕まってからも開放論を主張している。

こうなるともう快楽とともに心中しようという、筋金入りの快楽主義者であろう。

らもさんが「朝まで生テレビ！」に出演したのを目撃したことがあった。（一九九六年九月二十七日深夜放送「激論！　こんな日本に誰がした！　ドーする根腐れニッポン?!」）

中島らもと「朝生」という組み合わせもすごかったが、嵐山光三郎、小田実、黒川紀章、宮崎哲弥といった論客の丁々発止のやりとりとは完全に切り離され、らもさんは超然としていた。たしかこのとき、三回しか発言しなかったと話題になったものだ。

すでに解脱状態に近づいていたのだろう。

書店にふらりと私が立ち寄ったとき、釈放されたらもさんのサイン会が催されていた。いまや伝説となった手錠姿でのサイン会だが、大勢のファンに遮られて私は手錠姿を確認することはできなかった（手錠は都市伝説だったのか）。

遠くで見たらもさんは透明感があった。

ジョン・レノンが射殺される直前、篠山紀信撮影によるオノ・ヨーコとの見つめ合うフォトグラフがあった。ジョンも透明感が漂っていた。私はどういうわけかこのときのジョンとらもさんがダブって見えた。流れというのだろうか、翌年、階段から落ち脳挫傷によって帰らぬ人となった。

快楽主義者としては本望だったのだろう。

底を打っても打っても、快楽を求めてきたのだから。

本書には、らもさんの好奇心があふれ出している。

脳内麻薬物質エンドルフィンとヘロインがもたらす快感が似たり寄ったりである、という。この書が書かれていた一九九〇年前後は、脳内麻薬物質がメディアに取り上げられ、ちょっとしたブームになりだした時期である。

ドラッグ嗜好者は、好奇心旺盛であり、自然環境を好み、精神主義に傾いていく。本書でも、らもさんが精神主義に関心を示しつつ、どこかでこれはあかんと引き返す、揺れ動く様が書かれている。

らもさんは、ユングが晩年唱えたシンクロニシティ（共時性）に関心を持っていることがうかがえる。偶然と言うにしては摩訶不思議な偶然が積み重なることがシンクロニシティであるが、晩年のユングはかなりオカルティックで、シンクロニシティも偶然を後付けで意味を持たせたものではないか。

超能力にも関心を示しているらもさんは、「聖痕」という何も触らずに血の筋が浮き上がることに興味津々であるが、マッチの軸で前もってこすると筋が浮き上がってくることを知り、超能力に一歩離れたポジションに踏みとどまっている。超能力、信じたいけど、深みにはまるとちょっとなあ……という困惑が見て取れる。

ちなみに、私がマジシャンを取材したときのこと。テーブル上のコインにコップをかぶせたところ、いつのまにか中のコインが消失したり、手のひらにあった五枚のコインがいつの間にかテーブル上のコップの中に移動していたり、私が気まぐれに口頭で指定したトランプカードと同じカードが一枚だけカード群の中に表と裏が逆に混ざっていたり、「奇跡」が多発した。

「超能力者と称する人物の実験の場に私たちマジシャンが同席すると、どういうわけか超能力は起きなくなります」

同業者が来ちゃあ、やりづらいだろう。

本書は、晩年の解脱期より十数年前の八八年から九〇年、ニュートラルな精神状態のときに書かれたものである。らもさんの興味もあちこちに飛び、読み手を飽きさせない。解脱に至る道中、らもさんは哲学的に物事を見ようとしている。

依存症は対象を替えて依存する。

旧友は回復すると、十年間休日無しで働き続け、いまでは四社を経営する社長となり、億万長者となった。

中島らもの本はいまでも彼の愛読書だ。

この作品は1992年12月、白夜書房より単行本で刊行され、
1995年11月に双葉文庫で刊行されたものです。

|著者| 中島らも　1952年、兵庫県尼崎市に生まれる。大阪芸術大学放送学科を卒業。ミュージシャン。作家。主な著書に、『明るい悩み相談室』シリーズ、『僕に踏まれた町と僕が踏まれた町』『お父さんのバックドロップ』『超老伝』『人体模型の夜』『白いメリーさん』『永遠も半ばを過ぎて』『アマニタ・パンセリナ』『寝ずの番』『バンド・オブ・ザ・ナイト』『らもチチ　わたしの半生　青春篇』『同・中年篇』『空のオルゴール』『こどもの一生』『ロカ』『君はフィクション』などがある。『今夜、すべてのバーで』で第13回（平成4年）吉川英治文学新人賞を、『ガダラの豚』で第47回（平成6年）日本推理作家協会賞（長編部門）を受賞した。2004年7月26日、転落事故による脳挫傷などのため死去。享年52。

僕《ぼく》にはわからない

中島《なかじま》らも

2008年11月14日第1刷発行
2025年6月11日第11刷発行

発行者——篠木和久
発行所——株式会社　講談社
東京都文京区音羽2-12-21　〒112-8001
電話　出版（03）5395-3510
　　　販売（03）5395-5817
　　　業務（03）5395-3615

Printed in Japan

講談社文庫
定価はカバーに表示してあります

KODANSHA

デザイン—菊地信義
本文データ制作—講談社デジタル製作
印刷————株式会社KPSプロダクツ
製本————株式会社KPSプロダクツ

ISBN978-4-06-276175-8

講談社文庫刊行の辞

二十一世紀の到来を目睫に望みながら、われわれはいま、人類史上かつて例を見ない巨大な転換期をむかえようとしている。

世界も、日本も、激動の予兆に対する期待とおののきを内に蔵して、未知の時代に歩み入ろうとしている。このときにあたり、創業の人野間清治の「ナショナル・エデュケイター」への志を現代に甦らせようと意図して、われわれはここに古今の文芸作品はいうまでもなく、ひろく人文・社会・自然の諸科学から東西の名著を網羅する、新しい綜合文庫の発刊を決意した。

激動の転換期はまた断絶の時代である。われわれは戦後二十五年間の出版文化のありかたへの深い反省をこめて、この断絶の時代にあえて人間的な持続を求めようとする。いたずらに浮薄な商業主義のあだ花を追い求めることなく、長期にわたって良書に生命をあたえようとつとめるところにしか、今後の出版文化の真の繁栄はあり得ないと信じるからである。

同時にわれわれはこの綜合文庫の刊行を通じて、人文・社会・自然の諸科学が、結局人間の学にほかならないことを立証しようと願っている。かつて知識とは、「汝自身を知る」ことにつきていた。現代社会の瑣末な情報の氾濫のなかから、力強い知識の源泉を掘り起し、技術文明のただなかに、生きた人間の姿を復活させること。それこそわれわれの切なる希求である。

われわれは権威に盲従せず、俗流に媚びることなく、渾然一体となって日本の「草の根」をかたちづくる若く新しい世代の人々に、心をこめてこの新しい綜合文庫をおくり届けたい。それは知識の泉であるとともに感受性のふるさとであり、もっとも有機的に組織され、社会に開かれた万人のための大学をめざしている。大方の支援と協力を衷心より切望してやまない。

一九七一年七月

野間省一

月村了衛 神子上典膳《みこがみてんぜん》
月村了衛 悪の五輪
辻堂 魁《かい》 落暉《ゆうひ》に燃ゆる 〈大岡裁き再吟味〉
辻堂 魁 山桜花 〈大岡裁き再吟味〉
辻堂 魁 うつし絵 〈大岡裁き再吟味〉
フランソワ・デュボワ 太極拳が教えてくれた人生の宝物 〈中国・武当山90日間修行の記〉
手塚マキと歌舞伎町ホスト80人 from Smappa! Group ホスト万葉集 〈文庫スペシャル〉
土居良一 海翁伝
鳥羽 亮 金貸し権兵衛 〈鶴亀横丁の風来坊〉
鳥羽 亮 提灯《ちょうちん》斬り 〈鶴亀横丁の風来坊〉
鳥羽 亮 お京危うし 〈鶴亀横丁の風来坊〉
鳥羽 亮 狙われた横丁 〈鶴亀横丁の風来坊〉
東郷 隆 上田 信 絵 【絵解き】雑兵足軽たちの戦い 〈歴史・時代小説ファン必携〉
堂場瞬一 八月からの手紙
堂場瞬一 壊れる心 〈警視庁犯罪被害者支援課〉
堂場瞬一 邪心 〈警視庁犯罪被害者支援課2〉
堂場瞬一 二度泣いた少女 〈警視庁犯罪被害者支援課3〉
堂場瞬一 身代わりの空(上)(下) 〈警視庁犯罪被害者支援課4〉
堂場瞬一 影の守護者 〈警視庁犯罪被害者支援課5〉
堂場瞬一 不信の鎖 〈警視庁犯罪被害者支援課6〉
堂場瞬一 空白の家族 〈警視庁犯罪被害者支援課7〉
堂場瞬一 チェンジ 〈警視庁犯罪被害者支援課8〉
堂場瞬一 聖刻 〈警視庁総合支援課0〉
堂場瞬一 誤《あやま》ちの絆 〈警視庁総合支援課〉
堂場瞬一 最後の光 〈警視庁総合支援課2〉
堂場瞬一 昨日への誓い 〈警視庁総合支援課3〉
堂場瞬一 傷
堂場瞬一 埋れた牙
堂場瞬一 Killers(上)(下)
堂場瞬一 虹のふもと
堂場瞬一 ネタ元
堂場瞬一 ピットフォール
堂場瞬一 ラットトラップ
堂場瞬一 ブラッドマーク
堂場瞬一 焦土の刑事
堂場瞬一 動乱の刑事
堂場瞬一 沃野の刑事
堂場瞬一 ダブル・トライ
土橋章宏 超高速!参勤交代
土橋章宏 超高速!参勤交代 リターンズ
戸谷洋志 Jポップで考える哲学 〈自分を問い直すための15曲〉
富樫倫太郎 信長の二十四時間
富樫倫太郎 スカーフェイス 〈警視庁特別捜査第三係・淵神律子〉
富樫倫太郎 スカーフェイスII デッドリミット 〈警視庁特別捜査第三係・淵神律子〉
富樫倫太郎 スカーフェイスIII ブラッドライン 〈警視庁特別捜査第三係・淵神律子〉
富樫倫太郎 スカーフェイスIV デストラップ 〈警視庁特別捜査第三係・淵神律子〉
豊田 巧 警視庁鉄道捜査班 〈鉄血の警視〉
豊田 巧 警視庁鉄道捜査班 〈鉄路の牢獄〉
砥上《とがみ》裕將《ひろまさ》 線は、僕を描《えが》く
砥上裕將 7・5グラムの奇跡
遠田潤子 人でなしの櫻
夏樹静子 新装版 二人の夫をもつ女
中井英夫 新装版 虚無への供物(上)(下)
中村敦夫 狙われた羊
中島らも 僕にはわからない
中島らも 今夜、すべてのバーで 〈新装版〉
鳴海 章 フェイスブレイカー

講談社文庫　目録

夏原エヰジ　Ｃｏｃｏｏｎ４〈宿縁の大樹〉
夏原エヰジ　Ｃｏｃｏｏｎ５〈瑠璃の浄土〉
夏原エヰジ　連理の宝〈Ｃｏｃｏｏｎ外伝〉
夏原エヰジ　Ｃｏｃｏｏｎ〈京都・不死篇―蠢《しゅん》―〉
夏原エヰジ　Ｃｏｃｏｏｎ〈京都・不死篇２―疼《とう》―〉
夏原エヰジ　Ｃｏｃｏｏｎ〈京都・不死篇３―愁《しゅう》―〉
夏原エヰジ　Ｃｏｃｏｏｎ〈京都・不死篇４―嗄《か》―〉
夏原エヰジ　Ｃｏｃｏｏｎ〈京都・不死篇５―巡《めぐる》―〉
長岡弘樹　夏の終わりの時間割
ナガノ　ちいかわノート
西村京太郎　華麗なる誘拐
西村京太郎　寝台特急《メモリー・トレイン》「日本海」殺人事件
西村京太郎　十津川警部　帰郷・会津若松
西村京太郎　特急《アリバイ・トレイン》「あずさ」殺人事件
西村京太郎　十津川警部の怒り
西村京太郎　宗谷本線殺人事件
西村京太郎　奥能登に吹く殺意の風
西村京太郎　特急《スーサイド・トレイン》「北斗１号」殺人事件
西村京太郎　十津川警部　湖北の幻想

西村京太郎　九州特急「ソニックにちりん」殺人事件
西村京太郎　東京・松島殺人ルート
西村京太郎　新装版　殺しの双曲線
西村京太郎　新装版　名探偵に乾杯
西村京太郎　南伊豆殺人事件
西村京太郎　十津川警部　青い国から来た殺人者
西村京太郎　新装版　天使の傷痕
西村京太郎　新装版　Ｄ機関情報
西村京太郎　十津川警部　猫と死体はタンゴ鉄道に乗って
西村京太郎　韓国新幹線を追え
西村京太郎　北リアス線の天使
西村京太郎　十津川警部　長野新幹線の奇妙な犯罪
西村京太郎　上野駅殺人事件
西村京太郎　京都駅殺人事件
西村京太郎　沖縄から愛をこめて
西村京太郎　十津川警部「幻覚」
西村京太郎　函館駅殺人事件
西村京太郎　内房線の猫たち〈異説里見八犬伝〉
西村京太郎　東京駅殺人事件

西村京太郎　長崎駅《ナガサキ・レディ》殺人事件
西村京太郎　十津川警部　愛と絶望の台湾新幹線
西村京太郎　西鹿児島駅殺人事件
西村京太郎　札幌駅殺人事件
西村京太郎　十津川警部　山手線の恋人
西村京太郎　仙台駅殺人事件
西村京太郎　七人の証人〈新装版〉
西村京太郎　十津川警部　西国駅３番ホームの怪談
西村京太郎　午後の脅迫者〈新装版〉
西村京太郎　びわ湖環状線に死す
西村京太郎　ゼロ計画《プラン》を阻止せよ〈左文字進探偵事務所〉
西村京太郎　つばさ１１１号の殺人
西村京太郎　ＳＬ銀河よ飛べ!!
仁木悦子　猫は知っていた〈新装版〉
新田次郎　新装版　聖職の碑《いしぶみ》
日本文芸家協会編　愛染夢灯籠〈時代小説傑作選〉
日本推理作家協会編　犯人たちの部屋〈ミステリー傑作選〉
日本推理作家協会編　隠された鍵〈ミステリー傑作選〉
日本推理作家協会編　Ｐｌａｙ《プレイ》推理遊戯〈ミステリー傑作選〉

2025年3月14日現在